古建寻美

林陌——著

黄山书社

图书在版编目（CIP）数据

古建寻美 / 林陌著. -- 合肥 : 黄山书社,

2024.8. --（传统生活之美）. -- ISBN 978-7-5737-1295-0

Ⅰ. I267

中国国家版本馆CIP数据核字第2024ZE7137号

古建寻美

GUJIAN XUN MEI

林　陌　著

出品人　葛永波

责任编辑　张月阳

装帧设计　有品堂_刘　俊

责任印制　李　磊

出版发行　黄山书社

地　　址　安徽省合肥市蜀山区翡翠路 1118 号出版传媒广场 7 层　邮编：230071

印　　刷　安徽联众印刷有限公司

版　　次　2024 年 10 月第 1 版

印　　次　2024 年 10 月第 1 次印刷

开　　本　880 mm × 1230 mm　1/32

字　　数　186 千字

印　　张　9

书　　号　ISBN 978-7-5737-1295-0

定　　价　58.00 元

服务热线　0551-63533706

销售热线　0551-63533761

官方直营书店（https://hsss.tmall.com）

目录

第二篇 木骨禅心

第三篇　山石有言

自序

在写这本书的时候，越写到后面，我的内心越感到不安。这种不安源于两个原因：一是面对一次次造访的古迹，我常常感到自己知识储备的不足；另一个是我认识一些传统文化和古建筑领域的专家学者，他们腹笥丰赡，却惜墨如金，而我一个连半路出家都算不上的文化旅行爱好者，却写起了人文古迹相关的书，不免惶恐。

然而，还是决定鼓起勇气落笔。

首先为的是自己。在上一本书《长歌行》中我就写道，“读万卷书，行万里路”已成为我获取知识的一个重要途径和方法，它们相辅相成，充实了我无数个假期。而撰写游记，需要回望、查证，这是一个甘苦相伴却必有收获的过程。

其次，这是一本给人文旅行爱好者看的书，重在提供一些线索以及个人观感，而非探讨古建筑的专业图书。所以有相关专业背景的读者，另有众多优秀的学术书籍可以选择。

再者，当下众多年轻人的一大爱好便是旅行，可不少人热衷于打卡网红景点，却因为蜂拥而至导致体验不佳。有没有想过一些其他选择？也许，一些珍贵的古迹、文物被忽略了，它们星散于中华大地，风霜满怀，静等千年，却鲜有人至。这本书里尽管有敦煌、龙门石窟、苏州园林等热门景点，但更多的是被遗忘之地，它们值得我们去认识与感受。我很愿意当这个中间人，以不够专业的图文，和盘托出实地踏访过的一处处文化宝藏。

我是从哪一天开始喜欢访古的已经记不清了，但比之自然奇观的短暂震撼，含蓄蕴藉的人文古迹似乎更耐人寻味，这些有人参与过且是在地景观不可或缺的建筑、洞窟、遗迹，记录着太多往事。

每次面对这些巧夺天工之作，我都会生起一个疑问：当下被屏幕牢牢绑架的我们，还能在面对一堆木头、一块石壁，或者其他有形无形之物时，倾注时间与心血吗？如果做得到，在无法产出即时见效的成绩的情形下，我们还愿意去做吗？答案大概是否定的。因此，我们没有任何理由不去珍视它们、保护它们。

其实，我们某些方面的感知能力可能也在退化。近期看《苏轼传》，一方面佩服苏轼的天赋、才华和豁达；另一方面，我也常常感慨，以他为代表的古代文士，在面对自然之物时，常怀悲悯之情，风的冷暖、水的疾缓、草木生长、四时变换，都能感受得到。也许，这也是他在多舛人生中得到宽慰的一个原因吧。而往往越是如此，对人情关系的认识反而可能越发通达，因为无须汲汲于此，时时放不下。今天的我们，奔波于人群之中，内心常常深感疲累，恐怕有太多是因为人与人之间剪不断、理还乱的复杂关系吧。

所谓“出门一笑天地宽”，多少次与这些历经天灾人祸却得以幸存的人文古迹静默相对之时，我内心升腾起无比的敬仰之情,继而感受到专注与纯粹的可贵,似乎内心也变得相对澄明，甚至真有思接千载的刹那。

感谢作家、出版人周华诚，他笔耕不辍、著作等身，是我学习的榜样。他还策划了众多人文作品，助力写作者拥有自己的出版物，进而影响一批读者。我的作品忝列其中，深感荣幸。也特别感谢黄山书社的编辑，这个行业是为他人作嫁衣的，更多的是在成就作者，而事实上，一本书的诞生，离不开他们的辛勤付出。

希望我的不安成为自己继续求知的动力，也希望这里面所写的，可以勾起诸君一点访古寻幽的兴趣。

2023 年 4 月

第一篇

江南访古

江南，一个边界模糊但又意象清晰的地域，是生我养我的地方。这里自古繁华，尤其宋室南渡以后，经济发达、生活富足、人文荟萃，长期以来都是首善之区。然而，相比晋、陕等地，这里发达的经贸往来、便利的交通和湿润的气候，反而成为古建筑、石刻造像等文物保护的不利因素，文献描述的丰足和古代实物的相对稀有，成为有趣对照。饶是如此，在充满人间烟火的江南城镇，或是温润古雅的山川郊野，依然零星分布着一些令人向往的古迹，诉说着属于这片灵秀山水的故事。

年长方知园林味

讲到古迹之美，怎能不提苏州这个江南文化重镇呢？这里人文遗迹如繁星点缀，而其中最耀眼的，莫过于苏州园林。

少时，我很难懂园林之美。尽管苏州园林素来以曲径通幽见长，但它那种深藏不露的人文韵味，与少年求新求奇的探究之心，可谓凿枘不投。所以，那些隐藏于古城各处的古典园林，甚至比不上护城河畔的东园更得少年之心。彼时东园旁还有动物园，那里才是我们的天堂。当时，古典园林里我稍感兴趣的是狮子林，但并不是倾倒于其叠山造景的高超技艺，而是享受在假山之中穿梭寻觅的乐趣。

一直到离开故土近二十年，寓居杭州多年之后，我才慢慢领略到故乡园林之美、之妙。它们不只是一处聚集的建筑，更

虽为人作，宛若天成

拙政园是借景的典范，远处的北寺塔亦成为园景的一部分

有山石、草木的极致讲究，饱含文人对雅致生活的向往、对美的追求。

我国园林经历了帝王苑囿、贵族之园、士大夫之园、公众之园等多个阶段，苏州园林并不以古胜出，而是一直到宋元以后才逐渐成熟。但这个时期的园林，逐渐走向文人化，开始重视画意造园。所以，欣赏苏州园林之美，可以先从欣赏其格局与构造开始。

我曾多次站在北寺塔上俯瞰姑苏古城，也曾“飞起”航拍器，一览拙政园、狮子林所在的平江街区。若不仔细加以分辨，你很难看出哪里是园林，哪里是街道，哪里是民居。因为它们是一样的粉墙黛瓦且并不高大。苏州园林就以这样一种隐逸的方式，嵌于古老的城市肌理之中。行走于街巷，你也很容易错过它们，比如艺圃、耦园、可园，若不是专程前往，错过一条街巷就是另一个街区了。哪怕是知名的拙政园、留园、网师园、狮子林，要不是后来加诸其上的售票窗、停车场、商业配套等附属设施，以及日渐汹涌的人流，你也可能会错过。但它们大多从一扇小门进入，之后却别有洞天。

说起苏州园林的构造，就不得不提文徵明和文震亨。最知名的拙政园，便是由明代“吴门四家”之一的文徵明应王献臣之邀设计，如今里面那棵亭亭如盖的紫藤，据说还是他当年亲手栽种的。而他的曾孙文震亨也是江南名士、知名画家，他的《长物志》，分室庐、花木、水石、禽鱼、书画、几榻、器具、衣饰、舟车、位置、蔬果、香茗十二类。“凡园之营造、物之

雪后见山楼，如画中楼阁

见山楼旁的蜡梅，雪中独香

拙政园贴水长廊，既起到了空间分隔的作用，也成为水面灵动的一景

选用摆放，纤悉毕具；所言收藏赏鉴诸法，亦具有条理。”所以，经由这样的“指南”而营造的苏州园林，无异于在大地上作画，就像同为苏州人的著名作家叶圣陶所归纳：“似乎设计者和匠师们一致追求的是：务必使游览者无论站在哪个点上，眼前总是一幅完美的图画。为了达到这个目的，他们讲究亭台轩榭的布局，讲究假山池沼的配合，讲究花草树木的映衬，讲究近景远景的层次。总之，一切都要为构成完美的图画而存在，决不容许有欠美伤美的败笔。”所以，苏州园林的格局与构造，也就不难让人有如画中游的感觉了。借景、对景、框景，各种手法在苏州园林里可谓俯拾皆是：一片开阔的湖面，让远处的古塔亦成为园林的一部分；一扇花窗，让摇曳的翠竹时隐时现。画意，悄然而生。

当然，我们也可从山水、草木、建筑等中国园林的几个元素切入，来欣赏苏州园林的美。

曾有人用“假山假水甲天下”来形容苏州园林，这实属无奈之举。苏州地处长江下游，少了三山五岳的加持，然而文人雅士的林泉之心不灭，于是他们便纳山水入园，在方寸之间营造出山谷峻峭之势。苏州园林中以山石著称的当属环秀山庄和狮子林。环秀山庄面积不大，但山石占其三分之一强，假山既有远山之姿，又有层次分明的山势肌理，峭壁、峰峦、洞壑、涧谷、平台等山中之物可谓一应俱全。狮子林的山石，则更多了些象形的意趣，人像兽形不难找寻，尤其是几处像狮子一样的太湖石，惟妙惟肖，甚至可以分辨出老幼雌雄来，而且这些

沧浪亭的蜿蜒长廊，
里面是审美的世界，
外面是世俗的生活

狮子林是苏州园林里叠山垒石的代表

瘦、透、漏、皱为太湖石审美的重要标准，冠云峰一应俱全

奇峰怪石，或连绵，或孤立，与盈盈绿水相互映照，让人一时间忘了自己身处闹市。要说苏州园林的山石，不得不提留园的冠云峰，它是江南四大名石（苏州留园冠云峰、苏州十中瑞云峰、上海豫园玉玲珑、杭州西湖绉云峰）之一，是留园最具标志性的景点，集太湖石四大特征——瘦、透、漏、皱——于一身，孤峰耸立，如从古画中来。

苏州园林的水，最经典的莫过于沧浪亭和拙政园。沧浪亭是苏州现存最古老的园林，营建于北宋，听其名便知其与水密切相关。沧浪之名远扬，得益于北宋诗人苏舜钦，他自号沧浪翁，常于此驾舟游赏，曾写下著名的《沧浪亭记》：“予时榜小舟，幅巾以往，至则洒然忘其归，觞而浩歌，踞而仰啸，野老不至，鱼鸟共乐。形骸既适则神不烦，观听无邪则道以明。”哪怕今天，在人迹寥寥的清晨，至此依然可以体会到苏翁所描绘的意境。我甚至以为，观沧浪亭，不需要进园，沿着园林对岸的石板街隔水相望，便得其一半精髓。这一道沧浪之水的存在，隔绝了人间烟火，让对面的山水亭廊和葳蕤草木，居于天水之间，如画里一角，降落于繁华闹市。与沧浪之水环绕园外不同，拙政园的水，就是其底色。如果说其他园林是建于土地之上的，那么拙政园则是建于水面之上的。起伏的土丘、蜿蜒的长廊、精巧的亭阁、繁盛的花木，无不临水而居；它们又把水面分割成众多潭、池，让整座园林韵味无穷。当然，如果说拙政园的理水是以分为主，那么诸如留园、退思园、网师园、艺圃、怡园、可园等，则是以聚为主。它们无不在园中置一开阔水面作为重点，

留园深秋

沧浪亭的景观，从园外隔水相望就已令人折服

沧浪亭的花窗是苏州园林的一大特色

傲霜斗雪的梅花，是苏州园林里常见的植物

再围绕水面构造山石草木和建筑等。

苏州园林的草木有两个最突出特征——比德与搭配。以草木比德，在我国有着久远的历史，无论是“岁寒三友”还是“四君子”，都是中国人感物喻志的象征，比如菊梅的傲霜斗雪、松柏的长寿永固、竹莲的高风亮节等。我们除了欣赏它们的美，更重视的是其道德寓意。苏州园林里，最多的植物就是梅兰竹菊与松荷。室内种兰、窗口植梅、阶上置菊、墙旁栽竹、水中养荷，成为苏州园林最常见的风景。除此之外，再配以颇有观赏性的枫树、银杏、紫藤等，苏州园林一年四季皆有花木可赏。

苏州园林的建筑，更如同大观园一样，让人目不暇接。以我最熟悉的拙政园为例，在仅 80 亩左右的空间里，有见山楼、十八曼陀罗花馆、留听阁、与谁同坐轩、待霜亭、梧竹幽居、芙蓉榭、远香堂、小飞虹桥、香洲船舫等近 10 种类型 30 多处建筑，真是蔚为大观。这些建筑造型各异，但又有其共同点。与北方园林建筑相比，苏州园林建筑在细节上更精巧，最突出的便是极尽巧思的花窗、屋顶的飞檐翘角等。其在色彩上更加素净，几乎没有涂以彩色漆的。所以，在整体观感上，苏州园林的建筑以类型、造型取胜，而非色彩。

上述山水、草木和建筑，皆是有形之物、可见之处，苏州园林的精妙之处，更在于无形的思想及审美，那便离不开人。就像文人画，尽管取材山水草木，却常常借以抒发性灵或个人抱负。苏州园林不仅仅是一个可居可赏之所，而且是一个心灵空间，寄托着设计者和建造者的个人思想和审美追求。比如拙

网师园夜花园的江南丝竹表演，深受游客喜爱

苏州园林的植物讲究比德与搭配，兰花深受文人雅士的喜爱

竹象征君子，园林中遍布修竹

政园，其主人明代王献臣，曾屡受诬陷，四十不惑，从官场退出，营建了拙政园，取晋人潘岳“灌园鬻蔬”乃“拙者之为政”之意。比如退思园，是清朝官员任兰生被罢官返回故里后建造，园名引自《左传》中的“林父之事君也，进思尽忠，退思补过”之意。他们历经宦海沉浮，也许有过兼济天下的远大抱负，但最终选择回归内心，或有无奈，却也不乏主动选择。这可以从园林里的诸多楹联诗词，以及故纸堆里的文献找到些许答案。毕竟，远离朝堂，澄怀味象，也是长久根植于中国文人心中的一条希望之径。一座扇形小轩，取意东坡诗句“闲倚胡床，庾公楼外峰千朵，与谁同坐？明月清风我”。而名“与谁同坐轩”，其中既有超脱尘世、愿与明月清风为伴的孤高气质，亦可理解为茕茕孑立、势单力薄的自怜。都说苏州园林一步一景，不如说它一处一情。

选一个人少的清晨或黄昏，来这里游赏吧！也许在苏州园林的某个角落，你内心也会泛起一丝涟漪，听到那几百年前的回响。

江南塔影

永宁寺……中有九层浮图一所，架木为之，举高九十丈。上有金刹，复高十丈；合去地一千尺。去京师百里，已遥见之。

读到杨衒之《洛阳伽蓝记》中的这一段描述时，我脑海中顿时浮现出两个难以忘怀的场景。

一是年少时跟随父母从山西回苏州，绿皮火车靠近苏州站时尤其缓慢，车窗外即可望见古老的虎丘塔，看到它，就知道回到了故乡。所以“先见虎丘塔，再见苏州城”这一说法于我而言，自小就有着真切的经历。后来读书，地方教材和文化产品上，也常见虎丘塔的身影，因此，在我心底，它就是苏州的象征。

千年虎丘塔与苏州新建高楼相对而立

虎丘剑池，相传为阖闾墓之所在

一是有一年初春去应县木塔，摇摇晃晃的中巴车开了很久，略显无趣，当车窗外突然出现一座古塔，矗立在绵长的恒山山脉之前，我断定它就是应县木塔。果不其然。后来，我对那座华北县城已毫无印象，只有这座木塔，恒久地印刻在心底。

在久远的历史长河里，塔一直以其极具标识性的造型，点缀着山河景色，成为众多古城镇的地标，令人神往。所以，每去一地游历，若有古塔文物，我也必造访、参观，至今已去了30多座。

塔最初源于印度的窣堵坡（stupa），是埋葬佛祖舍利的宗教建筑，事实上就是坟冢，所以台基之上多为覆钵形，翻译成中文最常见的是“浮屠”。许慎《说文解字》:“塔，西域浮屠也。从土，荅声。”然而，在传入我国之后，塔演化出各种造型，如阁楼式塔、密檐式塔、喇嘛塔、金刚宝座塔等。阁楼式塔主要分为木塔和砖塔，木塔最典型的如应县木塔，砖塔最典型的如西安大雁塔、泉州开元寺双塔；密檐式塔则不得不提嵩岳寺大白塔，它也是我国最古老的一座塔，已历经1500多年；喇嘛塔我们常称作“白塔”，如北京妙应寺白塔、五台山塔院寺塔；金刚宝座塔相对较少，典型的如北京五塔寺塔、碧云寺塔等。这些名塔造型各异，与印度窣堵坡早已大异其趣，有着非常高的文物价值和艺术欣赏价值。

苏州多塔，较知名的有虎丘云岩寺塔、北寺塔、瑞光塔、罗汉院双塔、万佛石塔、楞伽寺塔、甲辰巷砖塔等，大多为全国文保单位。但在我心里，虎丘塔有着不可替代的位置，它斑

虎丘塔外檐原为木结构，只是在千年以来多次的失火中，木质塔檐和斗拱均已焚毁，塔刹也不知所终

驳苍老，阅尽千年往事，如今依然器宇不凡，傲立城北，气质与苏州这座有着 2500 多年历史的古城十分相似。

虎丘塔本身并不高大，共 7 层，48 米左右，但位于 30 多米高的虎丘之上，在水网密布且为平原的苏州古城区域，便显得非常突出了。最早我一直以为它在宋代初建时就是这样，后来才知它原来是典型的仿木楼阁式多层砖石塔，外檐原为木结构，只是在千年以来多次的失火中，木质塔檐和斗拱均已焚毁，塔刹也不知所终，如今留下的，实际上只是砖砌塔身，由塔心、外壁和退廊等构成。细看塔身，外壁以及圆柱、额枋、壶门、直棂窗、斗拱，均用砖石砌筑。有时候我们要感谢后人没有画蛇添足，非要以求全之心去加盖木质塔檐（事实上很多江南阁楼式塔都这样做了），这让我们看清其实在砖石营建方面，古人有着高超的技艺。从某种程度上来说，虎丘塔便成了江南仿木楼阁式砖塔的“活化石”。如今，因为时间久远，外加地质、重力等诸多因素，虎丘塔已经向北偏东严重倾斜，希望下一个千年，它依然可以成为游子归家时很容易找到的坐标。

我如今生活的杭州，也是一座多塔的城市。雷峰塔的故事人尽皆知，保俶塔亦是到西湖游玩的客人必然会看到的建筑。这两座塔，平时上班放眼窗外即可望见。雷峰如老衲，保俶如美人，它们矗立于西湖之畔，早已成了标志性建筑。我拍摄过无数张不同角度的西湖照片，曾试着抹去这两座塔的身影，结果是湖山的天际线顿时失色，变得不可辨别，似乎这样的湖山哪里都有。因此，这两座塔于西湖而言有着不可或缺的重要性。

西子湖畔夕照山上的雷峰塔

但从内心而言，我更中意的，却是钱塘江畔的六和塔和白塔。

六和塔取佛教“六和敬”之意，自宋代以来便矗立在钱塘江畔，据说当时是为镇江潮取平安而建，如今反而成了俯瞰钱塘江大潮的好地方。六和塔十分高大，高 59.89 米，看着比较雄壮。嘉定文人李流芳流寓杭州时，曾用“老衲”来形容雷峰塔，若以今之外形视雷峰塔与六和塔，可能用“老衲”来形容六和塔更合适一些。初识六和塔，总觉得它不是很符合我的审美。比之苏州北寺塔、松阳延庆寺塔等，六和塔体型宽大，并不是那么挺拔和俊俏，后来方知，这是两个时代的融合之作——塔身为宋代建筑，共七层；木结构外檐为清代多次修建，共八面

西子湖畔宝石山上的保俶塔

十三层，其中七层与塔身相通，六层封闭，形成七明六暗的格局。所以，六和塔给人以檐层过密的观感。加诸其上的不止外檐，乾隆皇帝南巡至此时，还在每一层题写匾额诗联，如今也成为观赏六和塔的一项重要内容。当然，塔内须弥座上雕刻的各式花卉、飞禽走兽、飞天、伎乐、迦陵频伽等纹饰，以及南宋“敕赐开化之寺”石碑、明石刻镇海神像等，均提升了六和塔的文物价值与艺术价值。

近在咫尺的闸口白塔，游人一般很少来，在白塔公园没有重修开放成为市民公园之前，曾一度被遗忘。因此，高仅 15 米的白塔更显得风霜满怀、古意深浓——它在五代十国时期就已

六和塔当年为镇江潮取平安而建

俯瞰六和塔

存在，全身以白石雕造，比例和谐，消瘦俊美。塔身上的佛、菩萨和经变故事，尽管已经不全，却是研究价值颇高的历史遗迹。与之年代相近的灵隐寺双石塔，也是仿木楼阁式雕制塔，是研究此类型古塔不可多得的文物。梁思成与林徽因到访杭州时，对其进行考察过后曾撰写有《闸口白塔及灵隐寺双石塔》一文，给予了颇高的评价。

江南一带的佛塔，我去过且印象颇深的还有湖州飞英塔和临海巾山塔群。

飞英塔取佛经“舍利飞轮英光普照”之意，外观八面七层，为典型的楼阁式雕制塔，这在江南一带并无殊胜之处，奇的是塔中有塔，如同套娃。所以参观飞英塔一定要登临其中，一睹难得的塔内塔景观。飞英内塔雕造于唐代，为八角六层仿木结

冬雪难得，给古老的六和塔增添了一些诗意

白塔更显风霜满怀、古意深浓——它在五代十国时期就已存在

构楼阁式石塔，尽管略显逼仄，但也因为有了外塔的保护，少受风吹雨打和人为破坏，得以保存至今。可惜的是，民国时期外塔的塔刹跌落，不仅导致外塔残破，还使内塔外壁和塔身遭到了严重破坏。如今内塔须弥座、塔身、塔顶结构清晰，各层腰檐、平座、斗拱、柱枋等构件雕刻精细，遵循了宋代《营造法式》木构建筑的做法，尤其是塔身转角处的倚柱，为瓜棱式拼合柱身、覆盆状柱础。此种做法，也许当年较为普遍，但是留下来的凤毛麟角，目前仅见于宁波保国寺大殿。在塔身各面的壶门状佛龛中，雕刻有佛传故事和千佛，雕工细腻，刻画入微，有着非常高的艺术欣赏价值。

俯瞰木塔之内的石塔

塔中有塔，是飞英塔的最大特色

飞英塔外观，为典型的江南阁楼式木塔

石塔上精致的佛像

石塔上的千佛雕像

奔流的灵江之畔，长城逶迤，两峰耸立，中有凹谷，南北双塔并肩而立，名曰大、小文峰

临海的巾山塔群并不以古著称，甚至至今还不是全国文物保护单位，但你若到访临海古城，一定会为入口处的奇绝景观所折服。奔流的灵江之畔，长城逶迤，两峰耸立，中有凹谷，南北双塔并肩而立，名曰大、小文峰。而在巾山西麓，还有多宝塔和南山殿塔在很小的区域内，除了一些地方的塔林外，四塔群聚的景象并不多。四塔之中最古者为建于龙兴寺内的多宝塔，为元代遗物。龙兴寺紧邻热闹的紫阳老街，一入寺中，便

巾山塔群不算古老，但位于临海古城入口处，气势不凡

大、小文峰塔

龙兴寺内的多宝塔，为元代遗物

多宝塔上的千佛雕像

隔绝了喧嚣，闲坐其中，仰视巾山，近观千佛，是我两次到那里最难得的体验。

我常想，奔波在外的临海人，归乡时看到巾山的塔影，一定与我远远望见虎丘塔的心情是一样的——终于回来了。

清颜宋骨保国寺

中国古建筑与西方古建筑最大的不同在于材质。我国的古建筑以木材作为建筑的主要架构，为木结构系统，而西方的古建筑以砖石作为建筑的主要架构。因此，两者在保护方法上也存在明显差异。相比于砖石材质，木结构要承受千年的风霜雨雪，想要保护好，何其困难！因此，宋、金之前的唐、五代、辽时期的木结构建筑，在我国存留的数量极为稀少，堪称“国宝”。即便是宋、金时期的木结构建筑，也大多在相对干燥、闭塞的华北，尤其是山西境内。长江下游的江南地域，自古经济发达、气候湿润，可谓宜居宜业，因此诞生了扬州、南京、杭州、苏州等历史文化名城，但真正留存下来的宋代木结构建筑，屈指可数。目前，仅有苏州的玄妙观三清殿和宁波保国寺的大雄宝殿。

1954年以前，苏州玄妙观三清殿一直被认为是江南最古老的木结构建筑。1936年，刘敦桢作为营造学社文献部主任兼中央文保委员会委员，在两次考察苏州建筑文物后，曾写下《苏州古建筑调查记》一文，发表在《中国营造学社汇刊》第六卷第三期（1936年9月）上。他感叹道："今日江南木造建筑中，年代之古，无逾于此矣。"并且，由于同时考察了苏州虎丘二山门、虎丘塔、报恩寺塔、双塔等古迹，他在与梁思成分享心得时曾感慨："大江以南，一城之内，聚若许古物，舍杭州外，当推此（指苏州）为巨擘。"殊不知，18年后在宁波灵山脚下，经考证，保国寺的木构年代要更为久远。至此，"江南最古老木结构建筑"的桂冠终于易主。

在一个深秋的午后，我从宁波市区打车到保国寺一探究竟。一路上，城市建设"遍地开花"，一直快到保国寺附近才能见到成片的稻田。这种体验和在山西地区寻访古迹完全不同，它离城市这么近居然能穿越千年保存至今，让人生疑。这种怀疑在面对闹市区的玄妙观三清殿时则显得更加强烈。好在进入景区后，依然要攀爬一段山路才能见到寺院主体建筑。山路不长，林木葱茏，溪流潺潺，甚至有些地方还形成了微型瀑布，给人一种"深山藏古寺"的错觉。

第一眼见到的是参天大树下的两座石经幢，在午后斜阳的照射下，显得古老而沉静。其中一座为造于唐大中八年（854）的永寿庵尊胜经幢，可惜已经断裂；另一座为造于唐开成四年（839）的普济寺经幢。两座经幢原先分别位于鄞县（今浙江省

空中俯瞰保国寺

宁波市鄞州区）永寿庵和慈城普济寺，可惜这两座庵寺已不复存在。如今两座经幢移居保国寺，与宋代木构为伴，也许是一个比较好的归宿，可以让后来者一并领略唐宋时期高超的雕刻与建造技艺。

穿过后代重建的重檐歇山顶天王殿，眼前是一方碧绿的水池，石井栏环绕，锦鲤悠游于蓝天白云的倒影之间，无比自在，前方一块巨石刻“一碧涵空”四字，再贴切不过。视线再往上移，就是保国寺的大殿了。正面望去，大殿亦为重檐歇山顶，但这重檐看着有点奇怪，间距极小，如同叠涩檐那般紧挨着，不像正常的重檐歇山顶大殿那样疏朗、中正。实际上，现在的屋檐的确非宋代遗构，而是清代增修的结果，可谓“清颜宋骨”。在保国寺历代修缮的过程中，有明确记载：清康熙二十三年（1684），僧显斋、景庵重修大殿，“前拔游巡两翼，增广重檐，新装罗汉诸天等相”。于是，也就形成了现在看上去比较逼仄的重檐模样，整幢大殿呈横向延展、纵向高度不够的情形。事实上，宋代原构是单檐歇山顶，纵横比例是比较均衡的。这样的增改对参观者也造成一定影响——当你跨进大殿门槛，明显感觉光线比较昏暗，稍感压抑。面对古代匠人的作品，我们还是要多存敬畏之心，在文物保护之路上，不能做太多狗尾续貂之事。

跨进大殿，从柱间布局能清晰地看出面阔三间、进深三间，且纵向进深要大于面阔，与在外面正视的观感截然相反，这才是保国寺宋代时的真正格局。千年遗构的精彩当然不可能被一

如今保国寺大殿的下檐为清代时加建，明显有局促感

片屋檐遮蔽，耸立的金柱有着独特的形态——与其他宋代遗构滚圆的立柱不同，保国寺的立柱为瓜棱状，因此被叫作瓜棱柱（也叫瓜楞柱），这不仅是美观的需要，也是当时匠人的创新。由于保国寺所处之地没有深山大木，所以匠人用多根木材拼合起来，共同支撑起繁复的斗拱和屋檐部分，这在宋代木构建筑中极为罕见。由众多瓜棱柱分割的大殿空间结构，与之前看过的三座仅存的唐代木构建筑也有显著不同，那便是佛坛空间的占比变小了，前面的礼佛空间、两边的廊道以及佛坛背后区域变得更加轩敞。由此可见，彼时人的活动区域进一步得到重视。

抬头之处，是木构建筑最令人惊叹的部分——斗拱结构。这是中国古代建筑最能体现工匠技能的地方，也是东方建筑区别于西方建筑最显著的地方。佛光寺、应县木塔、独乐寺、善化寺……我先前已多次在这些北方的经典古建筑前叹为观止，古人不用一钉一铆，便构建起如此繁复和精彩的建筑。这一次，我终于在熟悉的江南，再次感受到斗拱的无穷魅力。

保国寺的斗拱部分，最先让我注意到的是礼佛区域的三个藻井。“藻井”一词最早见于汉赋，是木结构建筑顶部呈覆斗状的区域，象征天宇笼罩，常饰以花纹、雕刻、彩画等，繁复无比，且多置于殿、亭等中央区域。保国寺大殿的三个藻井都没有设置在居于中央的佛坛上部，而是在礼佛区域，这也许和上述空间结构占比的特殊性——当时更重视人的活动——有着密切的关系。保国寺大殿的藻井以大木斗拱作材，下部由平綦枋围合成方井，然后四角加四条抹角构成八角井，八个角各出

保国寺大殿的藻井以大木斗拱作材，下部由平綦枋围合成方井，然后四角加四条抹角构成八角井

「七朱八白」是宋代《营造法式》彩画作制度中丹粉刷饰屋舍的方法之一，在保国寺建筑中有鲜明的体现

天王殿前的唐代经幢局部

瓜棱拼合柱为难得一见的案例，是古代工匠在条件受限时的巧思

两跳华拱，而令拱随着承托的圆井也作圆弧状，看上去功能性大于装饰性，让人记忆深刻。如果我们拿国内著名的净土寺藻井来作比较，相信一眼就能看出不同。作为国内木结构建筑藻井的天花板，净土寺金代藻井精雕细刻，饰以楼阁、蟠龙，极其繁复，被誉为“天宫楼阁”。反观保国寺藻井，则显得朴素许多，且与屋顶的其他斗拱结构更为融合。

保国寺的斗拱，尽管与很多宋代木构相比并无太多殊胜之处，似乎不值得大书特书，但有一点不得不提，那便是它与《营造法式》的关系。

《营造法式》是一部在中国古代建筑史上极其重要的书，由北宋将作监（朝廷主管土木建筑工程的机构）李诫奉敕编修，于崇宁二年（1103）刊行全国，是宋元时期官方颁布的一部建筑设计、施工的规范书，同时也是一部最完整的中国古代建筑全书。可惜其长期以来由于诸多原因被束之高阁，一直到梁思成等营造学社成员加以推崇、解读，这部“天书”才引起重视，成为解码我国古代建筑的典范，也为中国古代建筑能够屹立于世界建筑之林奠定了重要的理论基础。而保国寺的木料用材、藻井形制、断面关系等，都与《营造法式》所述相一致，甚至前文提到的小木拼合柱的做法，也是国内已知的最早实例，为宋代拼合柱实物的孤例。考虑到现保国寺大殿的重建时间早于《营造法式》90多年，而《营造法式》最早版本的首创者为大政治家王安石，他曾于庆历七年（1047）起出任保国寺所在地鄞县的县令，后来变法时期又大力推广鄞县经验，同时开始编修最早版本的《营造法式》。所以，保国寺大殿很有可能是《营造法式》参照的母本之一。毕竟，不少在北方宋代建筑上看不到而在《营造法式》中有所记载的细节，如“顺栿串”“拼柱”等，均能在保国寺大殿见到。

1957 年，国家文物局在全国范围内征集第一批全国重点文物保护单位名单，请刘敦桢提名江苏、浙江、安徽的古建筑，在浙江区域内刘敦桢力推保国寺。1961 年，保国寺大殿与杭州的六和塔、岳坟一起，成为浙江省最早一批全国重点文物保护单位。这等于是在官方层面再次认定了保国寺大殿无比珍贵的文物价值。

从光线昏暗、略显压抑的大殿出来，眼前豁然开朗，甚至有些刺眼，在大殿内的个把小时，恍如沉浸于另外一个时空。在净土池那一汪碧绿的水池前回望保国寺大殿时，我依然感觉它其貌不扬，但那画蛇添足的下层屋檐之下，是让人敛声屏气的所在。

宋画遗落浙南山间，名曰『时思』

多年前无意间看到时思寺的照片，我一下就被击中了。古旧的建筑被葳蕤的草木环绕，有一种隐逸、静雅的美，让人想起宋画，尤其是以秀丽、精致著称的南宋山水画。这种美，对于一个久居江南，尤其是生活在杭州的人而言，是一下就能够心领神会的。所以无须考证其建筑年代，我就已被深深吸引，将之列入了心之向往的所在。

中秋午后，我们从杭州钱塘江畔出发，历经六个小时左右才在深夜圆月清辉的照耀下抵达。最后一段山路，群峰连绵，时而明月松间照，时而圆月挂山头，抵消了一路的困顿感，以及漆黑夜里杳无人烟的荒寂带来的些许紧张感。到达酒店时，黑魆魆的什么也看不到，只听见山风阵阵。

清晨的云海，弥漫在半山腰，让山川草木和古寺都活了起来，真真如同宣纸上跃然而出的宋画一角

一宿安睡，醒来后抱着试试看的心情，我带上航拍器就出门了。太阳刚刚爬上山头，深山的清晨依然寒意阵阵，我直接“飞起”航拍器环视一圈。这一飞，让我对云中大漈、对时思寺，更加刮目相看。佛教初传华夏时，为便于弘法与译经，多选集镇与通衢，随着信众越来越多，后又反过来隐入山林、远离尘世。空中俯瞰时思寺，周围群山环抱，所在的大漈乡为一小块高山之中的盆地，可谓隐入山林的典型。寺院建筑背山面水，又依傍高大古木，显然是经过审慎考虑的。幸运的是，我还遇到了清晨的云海，弥漫在半山腰，让山川草木和古寺都活了起来，真真如同宣纸上跃然而出的宋画一角。

进寺之后，迎面就是一棵1500多年的古柳杉，尽管遭雷劈之后树高仅剩28米，却依然苍劲雄壮。山门背后则是两棵古柏，也已有1500年左右的历史。一棵依山门斜斜地耸入蓝天；一棵已经绿叶不再，横躺在围墙上，枝干虬曲，沧桑无比。这棵倾倒的古柏，与打开的山门，一起形成了一幅古老的框景，让人一进寺院就感到浓浓的古意。

作为文保单位，如今的时思寺已没有香火，建筑也仅存山门、大雄宝殿、心经钟楼和马仙宫，且不似宋时著名的五山十刹那样严格按中轴线布置，而是散落在山前古树旁。大雄宝殿面阔三间、进深两间，重檐歇山顶，是时思寺现存最古老的建筑，应为元末至正年间扩建的遗构，但从整体风格和细节上依然能看出鲜明的宋韵。不过比起去山西等地所见的宋代木构建筑，时思寺大雄宝殿的用材等级并不高，所以给人一种纤细轻盈之

大雄宝殿面阔三间、进深两间，重檐歇山顶，是时思寺现存最古老的建筑，应为元末至正年间扩建的遗构

从大雄宝殿内部看向庭院

马仙宫的牛腿雕刻非常精细

马仙宫的藻井

感，少了一点厚重。大雄宝殿左前方的心经钟楼为明代建筑，三层楼宇，面阔三间、进深三间，四根金柱直通顶层，让整幢楼宇挺拔俊俏，远观近看都有着很好的比例与尺度。可惜我们去的时候楼梯门上锁，没法登上二层、三层细观斗拱结构和各个铺作结构。不过，心经钟楼的象鼻昂依然是此行最难忘的细节，比之唐代起承重作用的批竹昂以及金代开始流行的琴面昂，象鼻昂更加费工，装饰性也有所增强，加上心经钟楼在整组建筑中的高度，所以特别容易受到关注。大雄宝殿左侧为梅氏宗祠，为明万历年间所建，右侧为清代建筑马仙宫。马仙宫原先在大漈乡，20 世纪 90 年代才搬迁至此。于是，这里就成为一处集元、明、清建筑于一体的古建筑群，也是佛道合一的建筑群，而一旁的古树又是南朝遗物，它们融为一体，成为浙南山间独一无二的存在。

攀上古寺对面云中大漈的山路，俯瞰时思寺的时候，我依然赞叹：哪怕整组建筑已没有宋代原构，却依然不乏宋韵，这大概与它始建于宋绍兴年间且细部不乏古风有关，真是至纯至雅，如诗如画。

心经钟楼的象鼻昂特写，非常优雅

高挑的心经钟楼建于明代，从外部看，是整座寺庙的视觉焦点

泰顺路迢迢，山间飞虹渡

十多年前，读到生活·读书·新知三联书店出版的“乡土中国”书系中的《泰顺》，以及浙江摄影出版社出版的《温州泰顺乡土建筑》两本书，对那里的廊桥便有了难以磨灭的印象——它超出了我原先对桥的认识。毕竟故乡苏州多的是桥，木桥、石桥、混凝土桥，比比皆是，但大多以通勤为主要功能，并没有那么复杂。而泰顺廊桥，看图片便觉十分繁复，融合了亭台楼阁的各种功能。为何如此？书里自然有描述，但身未至，缺乏直观感受。

直至自驾泰顺，我算是完全明白了。这里群山连绵，现在乡镇之间的道路依然常常曲折回环，可以想象，在明清时代，也就是廊桥建设的高峰时期，从一个乡镇到另一个乡镇，那就更是长途跋涉了。有时村和村之间，即使隔山可望，要抵达也未必是一件易事。所以，首先需要在溪流之上架设桥梁，以便通行。而群山之中，石、木是最为常见的原材料。对于这两种基础材料，中国人对木头的使用频率又远高于石头，而且在山里，木头轻便、易于运送，可变性又强，木质廊桥就成了首选。其次，在山里跋涉，长时间的休憩不可避免，那么在哪里休憩最舒适呢？是半山之上的某个亭子，还是路边的某间房屋？恐怕都不如在溪流之上的某一座桥，因为这样靠近水源，且位于山谷或村头，在满足生理需求的同时，在一定程度上也让心情得以放松。于是，人们在原本简单的桥梁之上花尽心思，叠梁架屋，使之成为功能多样的一座复合式建筑，有各种式样的屋檐，有连排的桥凳，有祭祀的龛室，有的甚至在桥畔或桥上建两层、三层的房间。经年累月，这些桥梁与山川、草木、村庄，融为一体，成为人们行走路上的暂歇之地，也成为郭熙论山水画所言的“有可行者，有可望者，有可游者，有可居者”，从而成为现实中的“妙品”。

这一次我访了分布于泰顺县城附近的仙居桥、毓文桥和三条桥，以及县城东部泗溪镇周边相对集中的北涧桥、溪东桥、文重桥、文兴桥。有两点印象颇为深刻：无论是八字撑木拱廊桥（此种类型似乎居多），还是木平梁廊桥、石拱木廊桥，距离水面的高度都非常高，尤其是站在河床的溪边仰视，真有长空飞虹的气势。比较典型的是仙居桥，跨度 34 余米，桥面与水面的垂直高度超过了 10 米。这种高度让久居江南的我叹为观止，平时所见的石拱桥离水面大多三五米，只有标志性的桥梁才具

从河床上看仙居桥

仙居桥的悬鱼做得很精致

密密麻麻的柱子支撑起跨度很大的仙居桥

有这样的气势，如京杭运河上的拱宸桥、故乡苏州的吴门桥等。难怪清代诗人张天树如此状摹仙居桥：“凌虚千尺驾飞桥，势控长虹挂碧霄。”尽管文学家的文字多有夸张成分，但身处实地，这种气势切身可感。这样的跨度、高度，在枯水期看来似无必要，然而在有“浙南屋脊”之称的泰顺，山洪是常有的事。每逢丰水期，瀑流怒涨，挟石以下，这些木拱廊桥就得接受大自然的一次次考验。这也从另一个侧面证明了这些木拱廊桥架设的难度。

第二点印象深刻的就是廊桥造型的多变和功能的丰富。初看这几座廊桥，似乎大同小异，但细观之下，哪怕是外行人，都能感觉出其各自的精彩。仙居桥弯拱横卧、简洁大气，溪东桥飞檐上翘、状若游龙，毓文桥端庄繁复，文重桥平稳小巧……这其中，北涧桥和毓文桥最让人难忘。北涧桥已经被划为景区，因此也最具烟火气息。桥畔有茶楼、民宅、古樟树以及碇步石，这些元素与桥形成有机整体，吸引人们在这里驻足。本地人在这里营生、交流，游客在这里品茗、观景，共同营造出一种远去的生活氛围，令人想起故乡、外婆以及那遥远的童年夏日。与之形成鲜明对比的则是三四百米之外被当地人称为“姊妹桥”的溪东桥。我们去时只有一位算命先生伴着飘摇的小旌旗，在桥头独自守候。位于洲边村水尾两山缺口处的毓文桥，则是石拱木廊，造型繁复而优美，桥楼合一，足有三层：一层是桥面，二层为三间连体的文昌阁，三层为小楼阁，十分高耸。我爬上二层楼阁，透过花窗，看到还有人居住其中，不失为一种独特

从南面看北涧桥，背靠青山，飞虹横跨，择址也很讲究

溪东桥飞檐如大鹏展翅

溪东桥上的壁龛和藻井，是我去过的几座廊桥中比较讲究的

的体验。

然而，这些廊桥不管造型如何各异，曾经的功能如何多样，都面临着相似的命运——实用性已大大降低。这也就造成了这些木拱廊桥如今的尴尬现状——在绝大部分人看来，它们只是一种奇异的景观而已。这一点可能只有远离村庄、隐逸于山谷的三座桥是个例外了。我们离开泰顺上高速时，文兴桥和一片渐黄的水稻田夹杂在高速和乡道之间，被无数电线杆包围，美得支离破碎，虽是如此格格不入，却又令人过目难忘。我无意厚古薄今，也明白现代与传统、现实与理想，并不是非此即彼的关系。这些遗留下来的山间飞虹，显然是传统建造技艺的精华，因此，我们有必要加以保护。好在木拱廊桥营造技艺很多年前就已经被列为国家级非物质文化遗产，得到了相当程度的重视。

关于非物质文化遗产，常听到一种声音，说此项技艺对于现代生活而言已经没有多少实用功能，审美也不受当下年轻人的欢迎了。如果实用性是衡量文化的一杆标尺，那就显得太狭隘了。当这些廊桥消失，技艺便很容易失传，记忆也将无所依附，历史自然就很容易被忘却。也许这些古老的实物比文字和图片记载得更为可靠吧。

山间小道上远远地望见一座桥，有种走进过去岁月的感觉

文兴桥造型十分优美，如画中楼阁。可惜周围高速、乡道、电线杆环绕，拍照时特意避开了这些不和谐元素

近看毓文桥，如一座阁楼而不像一座桥

毓文桥上的阁楼

天台烟雨浓，古寺藏山中

弘一法师《晚晴集》里有句话被电影《一代宗师》引用后经常出现：念念不忘，必有回响。这句话用来形容我去天台山的心情再合适不过了。这些年对浙江好几个地方略有了解，便一直心存念想，一有闲暇便想驱车前往，比如龙泉、泰顺、楠溪江、雁荡，天台也是其中之一。

浙地山水虽不比大西南的山川高峻宏阔，却也有自己的四季特色。《林泉高致》里讲“春山烟云连绵人欣欣，夏山嘉木繁阴人坦坦，秋山明净摇落人肃肃，冬山昏霾翳塞人寂寂”，之前的楠溪江之行和这一回的天台山自驾，便是最好的印证。所以，浙地山水，很值得饱游饫看。

由于是节假日，本来只需两个多小时的车程用了五个多小

国清寺前的农田呈现出鲜明的季节性，春、秋各有其美

时，抵达天台时已夜色深沉。民宿静谧中带着禅意，推窗就是天台县博物馆，远处黑魆魆的群山隐隐约约。入住后到附近的小店吃晚饭，在小卖部我迫不及待地拿出田野里的隋塔那幅照片问店老板在哪里，他往脑门后指指："很近很近，往前走不到十分钟就是。"热情里带着一种司空见惯的样子。其实，很多时候你对远方的一个地方的印象，大多缘于一张图片或一段文字，而你心心念念舟车劳顿前来一睹真容的，不过是当地人看惯的寻常事物。因此哪怕店老板觉得再普通不过，我一听离得这么近，依然心下暗喜。

第二天清晨，春雨蒙蒙，时下时停。景区果然近在咫尺，当望见田野尽头那耸立着的瘦削的隋塔之时，我禁不住尖叫了出来。说来奇怪，我一点不排斥高楼耸立、摩登时尚的现代化城市，但又极爱田园山水；也未有强烈的归隐之梦，却又常怀林泉之心。一畦又一畦的紫云英，葱郁绿树里的古塔，连绵起伏的群山，淅淅沥沥的春雨，无声耕作着的农民，淙淙而流的清泉，眼前的景色比单纯的照片来得丰富得多。有不少地方身临其境时会和欣赏照片时有差别，因为照片也许是最好的季节、最好的光线和最佳技术的结合，但清明时节国清寺外的这一小片田园，真要远胜我所见过的所有美丽的照片，因为它是立体的，有烟云流动，有春的气息，也有实实在在的生活。

大概时间尚早，国清寺人并不多，跨过石桥便是那书有"隋代古刹"的照壁，寺门不大，东向而立。这里的门票只要5元，我依稀记得以前有人和我讲过一个传言，说之所以这里门票

烟雨迷蒙中的石塔，
始建于隋开皇年间，
已成为国清寺的标志

国清寺入口附近一排七座石塔

书有『隋代古刹』的照壁

三四十年不涨，缘于某一任方丈的坚持，这 5 元算作香花券。作为天台宗的发源地，日本、韩国天台宗的祖庭，国清寺有着深厚的历史积淀。也许对于心怀大业的隋炀帝而言，比起修通运河、西巡张掖、开创科举来说，依智𫖮大师（智者大师，天台宗的开创者）的遗愿派司马王弘监造国清寺，算不上他一生中的大事，但是对于佛教天台宗而言，这里成为弘法真正的根据地并泽被后世，成为天台宗的祖庭。

与绝大多数的国内寺观一样，国清寺也未能摆脱多舛的命运，现在的寺庙格局基本定型于康乾盛世。不过，哪怕算不上真正藏于深山，也无宋、元遗构，与我去过的很多寺庙相比，国清寺依然古意浓厚，保留着隋塔（其实重建于清）、隋梅等古迹。

国清寺里面的格局，与我之前看过的白化文先生的著作《汉化佛教与佛寺》中所述基本一致，只是有些名称略有不同。比如天王殿的位置叫雨花殿，也增加了部分与天台宗和济公、寒山等僧的配殿，而中轴线似乎也不是完全顺直，而是互有参差。所以整座寺庙给人一种曲径通幽又豁然开朗、别开生面的观感。临近中午，人越来越多，我们便悄然离去了。来到寺外的那一方碧绿的田野时，远方的山中阴云初起，春雨欲来，更为田园增添了几分清明时节的独特意境。

回到民宿，老板建议我们去不远处的琼台仙谷，他说那里的景色要胜过更知名的石梁飞瀑。想想留个念想也好，因为从国清寺出来，我心中已经升起择日再来的念头了。

顺着山路盘旋而上，抵达大门口时暴雨如注，我在车里休息了半时许，雨势渐小了才进景区。登上山顶时，远山在望，天台县城也依稀可见，眼皮底下则是一潭碧绿的湖水，明眸般嵌在绿色的山谷之间。更远处，正酝酿着一场更汹涌的风雨。没等多久，空蒙的白色淹没了远山、淹没了县城，积雨云越来越近，携风带雨，脚底烟云四起，瞬时把绿谷和碧潭也淹没了。我也身处烟云之中，忙不迭地找半路搭建的小屋避雨。哪知原以为来也快去也快的午后阵雨，却没有停歇的趋势，这让我想起了往年的黄山和三清山之旅。只得等雨势稍小时又来了一场深山雨中行——观雨赏瀑。

第二篇

木骨禅心

比起个人与朝代的有限生命，文化与信仰更为生生不息。佛教自两汉之际从印度东传，逐渐与中国文化相融相生，成为无数民众的信仰,也成为我们传统文化的底色之一。与之相关的殿宇楼阁、宝塔经幢、石窟壁画等，成为人们寄托信仰的可见可触之物。今天，我们所能见到的绝大多数中国传统古建筑，都与佛教信仰密不可分，正如建筑学者王南老师所讲，是真正的木骨禅心。

独乐寺：古建筑的『众乐』从这里开始

蓟州区离北京不远，但很多人并不知道这个地方，也不知道“蓟”字怎么读。其实当年燕云十六州中就有蓟州，即今天的天津市蓟州区，甚至燕云十六州还被称作“幽蓟十六州”，幽州指的就是北京。由此可见当年蓟州在边防战略位置的重要性。

如今的蓟州区，寂寂无闻，若有游客前来，大部分是因为独乐寺，我也是因为这一独特的古建筑而来的。说它独特，一方面是因为它一度被认为是我国最古老的木构建筑；另一方面，不单指其建筑本身，也指它在我国古建筑考察中的特殊性。

日本建筑史家关野贞在 1931 年 5 月底路过蓟县县城（今蓟州区），偶然路过独乐寺，后来在书中如此描述道：“其样式犹存唐代遗风，可窥见日本宁乐时代雕刻余韵，实为现存辽代最古老之遗作。”他在考察完东陵之后，特意留了一部分胶片回到独乐寺再次进行拍摄记录。面对寺院已废、僧房用作小学的情形，他感叹道：“中国遗存最古老、最贵重之建筑与其高大塑像一道不加任何保护逐渐走向倾圮，惜矣！”由于他的判断，当时学界便一直认为独乐寺是我国最古老的木构建筑，而佛光寺的发现要到5年之后，至于南禅寺则要到20多年以后了。

20世纪初，对我国古建筑实物遗存进行考察和研究的大多是西方人士，尤其是日本的伊东忠太、关野贞、大村西崖、常盘大定等人，留下了不少影像和文字。所以，对古建筑的“解释权”也掌握在他们手里。

1930年中国营造学社成立，国人这才开始有组织地对古建筑进行考察和研究，梁思成为法式部负责人、刘敦桢为文献部负责人。大概是有感于日本学者“日本尚存三十多座千年古建筑，中国却找不到一座千年以上木构建筑”“中国学者适合调查、研究文献为主，对中国古建筑实物遗存的考察该由日本人代劳”等言论，以梁思成为代表的建筑学人越发感到深入调查的重要性，“研究古建筑，非做遗物之实地调查测绘不可！”他们开始认识到田野调查的紧迫性，摆脱以往学者注重在故纸堆里皓首穷经的做派。

因地利之便，梁思成走出书斋、走向田野的第一站，便是独乐寺。

1932年的春天，他带着还在南开大学读书的弟弟梁思达，来到独乐寺，深入调查后撰写的《蓟县独乐寺观音阁山门考》，成为第一篇国人撰写的古建筑调查报告。有了这个开端，他们又陆续深入考察了大同华严寺、善化寺，应县木塔，正定隆兴寺，以及后来的佛光寺，等等，终于打破了日本学者略带傲慢的论断。我们今天有幸站在这些珍贵的古老木构面前，静观古代匠人的杰作，必须首先感谢营造学社的先贤在战乱年代的默默耕耘与艰辛奔波。

我看到独乐寺的时候，它的整体规模比我想象中要小得多。山门后面就是观音阁，东西配殿以及观音阁后面的报恩院、乾隆行宫均为后世修建。倒是寺院门前的一条横向大街，建得很像其他地方的5A级景区那样，颇为气派，不过沿街店面大多大门紧闭，游人极为稀少。

山门面阔三间，进深四椽，单檐庑殿顶——辽金时期重要寺院喜用庑殿顶又一次得到了证明，就像善化寺山门一样，尽管作为寺院入口，算不上重要建筑，但也都用上了一般认为级别很高的屋顶形制。所以，屋顶形制并不是我们判断建筑等级的唯一标尺，还要结合具体建造年代、地域等多种因素综合判断。

独乐寺山门两侧的金刚力士像之一，生动有力

山门中间为穿堂，两侧稍间分列金刚力士像，即民间所称的哼哈二将。两尊塑像皆为辽代原作，生动古朴，身体倾

独乐寺山门是我国现存最古老的庑殿顶山门

斜，动势明显，相互之间有所呼应，瞪得像铜铃的眼睛炯炯有神，目视下方，给人以震慑感，似在告诉你：进入佛门圣地，休得无礼。山门第二进左右两边为古老的壁画，绘有四大天王，东南边的已经漫漶不清，西北壁的保存较好。

独乐寺山门这样的设置，其实和很多寺院的山门不太相同，它在某种意义上融合了山门和天王殿两种建筑元素。按照一般寺院的规制，山门比较简单，为寺院的入口，之后应为天王殿，是寺院的第一重大殿，正面多供奉弥勒佛，背面供奉韦驮天，两边供奉四大天王。而天王殿后面一般为大雄宝殿，供奉释迦牟尼佛。独乐寺山门独特，之后直接就是观音阁，而这座观音阁，可能是我国寺院中最值得珍视的一座。

整座观音阁外观看似两层，实际共三层，上层单檐歇山顶，中间为暗室，外围有平坐栏杆，下层有腰檐。从外观看，观音阁给人的最大感受是高，足有 26 米。其次是斗拱的雄壮，当年关野贞所言“其样式犹存唐代遗风”，很大程度上是因为斗拱的用材和结构。整座观音阁的斗拱类型多样，尽管数量上没有应县木塔丰富，但用材硕大，底层柱头斗拱达到了七铺作。第三个观感，则是上层歇山顶出檐深远，下层腰檐反而有所收敛。一般的大殿若是重檐歇山顶，下檐则更为深远，这样整体结构才会显得更稳重。当然观音阁不是严格意义上的重檐歇山顶，可能考虑到近大远小的缘故，人若站在阁前仰视，视觉还是比较舒服的。只有当远离楼阁去更远的地方接近平视的时候，才能发现这个特殊之处。在这样的视角下，观音阁给人一种十分方正

仰视观音阁，上层歇山顶出檐深远，颇具唐风

的整体观感。

观音阁更让人惊叹的是阁楼里面的辽塑观音像，为我国现存最高大的观音立像。这尊塑像立于莲花坛座上，高 16 米，头顶直通阁楼第三层相对简洁的斗八藻井，所以我们也可以视整座楼阁是围绕塑像而兴建的。观音巨像身体前倾，给人巨大的压迫感，站在像前，抬头只能见到流畅的衣饰部分，瓔珞华裙，无比美丽，造像头部基本看不到。若不是保护维修，观赏这座辽代塑像可以从旁侧的楼梯登上第二层、第三层，慢慢以平视的角度观看整座观音像。如今我们只能通过图片来观赏其平和却威严的面部神情，以及头顶十个像发髻一般的小型观音了。巨大的观音立像旁，是常见的两尊胁侍菩萨。

出独乐寺，往南径直走 400 米左右就是古朴的白塔，又叫观音白塔，始建于辽代清宁四年（1058）。站在塔前，我想的却是观音阁内的观音，以那样的高度，打开三层的隔扇，视野正好越过山门的螭吻，遥接这座白塔。不知道是不是古代匠人在独乐寺建成七十多年以后，有感于“独乐”不如“众乐”，好让我们去参透其中奥妙呢？

不远处的蓟县白塔，
正对着观音阁

大唐气象，佛光永恒

关于盛唐气象，我们似乎早已熟稔。千年前光辉灿烂的岁月，借由一首首唐诗，让我们思绪驰骋。精美的壁画、宏大的造像和连绵的皇陵，亦让我们可感可触，再不济，影视作品里，也不乏盛唐的辉煌之城和霓裳羽衣。尽管绝大多数的改朝换代都免不了兵刃相见，但说起唐朝，我们最先想到的常常是海纳百川、气象万千的景象。所以，当我身处古晋大地，造访仅存的三座唐代木构之时，那种门可罗雀的景象，与关于盛唐万国来朝的想象形成鲜明对比，更有一种时光穿越的味道。

这三座唐构分别是我国现存最早的木构建筑南禅寺，建于唐建中三年（782），位于山西忻州市五台县李家庄村附近；被梁思成誉为“中国第一国宝”的殿堂级木构佛光寺东大殿，建于唐大中十一年（857），位于五台县豆村镇；我国现存最大、保存最为完整的道教宫观永乐宫附近的广仁王庙，建于唐大和五年（831），位于山西运城市芮城县中龙泉村。当然，正定县的开元寺钟楼下半部分和敦煌莫高窟196窟即何法师窟的木构窟檐，亦被认为是唐代遗存。它们凝聚着唐人的智慧与审美，在一千多年的岁月里，历经改朝换代、自然灾害和人为破坏，以无比坚毅却又如此默然的形象，让我国的木构建筑历史变得悠长而相对清晰。

我小时候在晋南随军生活过一段时间，亦对山西的文物早已心生向往，但真正实地造访是近几年的事，且一发不可收，一去再去。从晋北大同云冈石窟、善化寺、华严寺，到朔州应县木塔，到五台南禅寺、佛光寺和台怀镇的一些寺庙，再到太原的晋祠、平遥的双林寺，一直到晋南的永乐宫、广仁王庙等。这些星散在古晋大地的国宝，大多是当年营造学社勘测的重镇，让我这个颇有些为江南文化得意的苏州人大为震撼，深深感受到中国之地大物博，以及文物穿越时光的恒久魅力。

三座唐代木构我最先造访的是广仁王庙，这是唐构中唯一的一座道教建筑。永乐宫出来，天色尚早，知西北一公里多的中龙泉村内，还有一处不起眼的广仁王庙，却是国内已知的仅存的三大唐构之一，遂叫车前往。司机接上我，满脸狐疑，终于忍不住问了一句："看了永乐宫还要去那个小庙啊？"我笑笑："是啊，毕竟是难得的唐代木构。"司机这么一问，我猜想广仁王庙应该和之前看过的应县净土寺一样，处于半废弃状态而

广仁王庙是目前国内仅存的唐代三大木构中唯一一座道教建筑

尽管广仁王庙的『含唐量』不高，但这里是学习的好地方，尤其是斗拱园区域

无人问津吧。

果不其然，村中小道引向一片小广场，空无一人，但和净土寺又大不一样，这里完全不是我想象中那样充满荒烟蔓草、古意盎然的乡间小庙，倒更像是当下很多大城市里的网红打卡点，青砖、水泥、白砂、铜质铭牌、瘦金字体，简约而棱角分明的构造，处处皆是现在很多文艺青年喜欢的模样。庙宇体量很小，外表崭新，走进里面，新塑的造像更如昨日才落成一般，披着崭新的红的、黄的、橙的披风，只有那出檐，看得出一点儿唐风。回来和朋友说起，他说广仁王庙的“含唐量”确实不高。参观的个把小时里，始终只有我一人，体验无疑是好的，但感受很奇特。北边的运城市古建筑长廊，铜质墙面上是永乐宫、万荣稷王庙、解州关帝庙等众多珍贵文物的简介和示意图；南边的斗拱园内，则展陈着历代斗拱的演变历史和斗拱不同部位的名称，除了文字介绍，还有斗拱模型。不得不说，保护区规划、建设得非常用心，但个人感受，则像是参观了一个新式的小型博物馆，唯一有点古意的，是庙后面的两块唐碑，这是广仁王庙断代的主要依据。

南禅寺这座中国乃至亚洲最古老的唐代木构建筑，同样无人问津。下了高速快到李家庄时，田间小路没有任何指示牌，让人怀疑误入歧途，但有过之前去广仁王庙的经历，也就见怪不怪了。如此珍贵的唐代木构，若是在交通非常便利的地方，估计早就不存在了吧。又转了几个弯，来到一座土塬，眼前便是南禅寺了，门口只有三四辆车。

跨入小小的院门，眼前有菜田和葡萄架，偏殿门口几只可爱的中华田园犬呆呆地望着我们，到处充满着生活气息。旁侧，一座沉稳大气的屋顶越过低矮的围墙，如大鹏展翅，不消说，这应该就是南禅寺大殿了。我们径直走进大殿所在的院落，有几个人在树荫下拍照。大殿面阔三间，单檐灰瓦歇山顶，体量虽比之前见过的广仁王庙要大，但比起后代所建的绝大多数庙宇，它远算不上雄伟壮阔。然而，在眼前的小院之中，位于台基之上的大殿，已占据院落的一半，再加之唐式的屋宇、飞檐、榫卯结构比后世的造型简练大气，整个大殿自有一股方正、威严的气象。与大殿的木构一样珍贵的，是殿内现存的十多尊塑像。其均为唐代原件，是敦煌莫高窟之外国内现存最早的一批唐代佛教造像。它们和大殿一样，可谓历尽磨难。20 多年前的一个冬夜（1999 年 11 月 24 日晚），三名歹徒闯进南禅寺，将保管人员打伤后捆绑起来，割断电话线，砸开佛坛的钢网门锁。大殿里的唐代佛像被当胸挖开，腹内宝物被偷走，文殊菩萨的后背也被掏开，其余几尊塑像同样受到破坏。唐代特有的两尊美丽的“似宫娃”供养菩萨被锯断盗走，狮童塑像也从脚跟处被掰断后劫走。多少曾经屹立中华大地的珍贵国宝，在类似的盗窃行为中消失，不免让人感到深深的遗憾。

今天的南禅寺，大部分木构件为唐时原物，但包括屋顶鸱尾在内的一些缺失构件，则是在 1974—1975 年大殿进行落架修缮时，根据已知唐代构件的特点完善过，总体上还算和谐。蓝天下，我绕到院子外的大殿后边的树林，依然被大气的屋顶吸

南禅寺大殿体量不大，却自有一股方正、威严的气象

南禅寺大殿的转角斗拱极为简洁，但非常重要

唐代的斗拱简洁雄壮，有承重功能

引。临走时我又跑到不远处的村落里看南禅寺周边的环境，不禁感慨，幸亏它位于荒山野岭，才躲过了唐武宗时期著名的“会昌法难”，躲过了无数天灾人祸。但愿它如百岁人瑞一样，受到人们的爱戴。

佛光寺距离南禅寺六七十公里，是一处早就听闻其名的重点文物。虽然南禅寺于 20 世纪 50 年代末被发现，且证实建筑年代早于佛光寺 75 年，但佛光寺的发现在某种意义上更具有突破性。

在那个我们还没有自己系统的建筑史的年代，在《营造法式》被束之高阁而难有人读懂的年代，中国建筑被弗莱彻等西方建筑大师视为“世界建筑大树的旁枝末节”，是“‘非历史’的”。而早于中国人自己实地勘测与调查的日本建筑学者伊东忠太、关野贞、竹岛卓一等，则充满优越感地认为中国没有一座唐代木构建筑，要了解那个年代的建筑唯有去日本。他们同时认为，对于中国建筑的研究，中国人该以文献为主，他们则应担当起实物研究的重任。在那样的环境下，在梁思成、刘敦桢、林徽因等营造学社社员们的努力下，寻访古建有了建筑学之外的意义。佛光寺的发现，与它本身的价值一样，无可估量。千年前李白诗句“总为浮云能蔽日，长安不见使人愁”所表达的心境，相信梁思成他们比谁都有更深的体会。

20 世纪 30 年代，战火纷飞，梁思成、林徽因和营造学社的同事们，从 1932 年到 1937 年，寻访了全国 130 多个县市的 1800 多座古建筑。终于在 1937 年初夏，依凭法国汉学家伯希和拍摄的《敦煌石窟图录》中的《五台山图》，他们知晓了佛光寺。几经辗转，他们最后骑着毛驴到达了五台县的豆村镇，发现了这座唐代木构。从此，任何一部中国建筑史，都少不了佛光寺的身影。

驾车 1 小时左右，我们从南禅寺来到了佛光寺。来时晴朗无比，但刚踏入山门，就莫名刮来一阵大风，豪雨随之而来，不多的到访者挤挤挨挨聚在山门口。风雨来得快去得也快，带走了尘霾，空气清新无比，白云生，烈日起。我终于找到机会，可以好好逛一逛这座久闻大名的佛光寺了。

由山门进来，是一座唐代石经幢，唐乾符四年（877）造，总高 4.9 米。束腰基座刻宝装莲瓣和壶门乐伎；幢身刻陀罗尼经，上雕宝盖、矮柱、屋檐和宝珠。左侧，是金代文殊殿，供奉着骑青狮的文殊菩萨等 7 尊佛像，梁架粗壮，立柱很少，殿内空间异常轩敞，这得益于古代匠人采用的减柱造和移柱造相结合的手法。在文殊殿并未逗留太久，我就来到了高台上的东大殿。殿前是一段平直砖墙，入门洞，则是异常陡峭的台阶。所以，入山门是看不清东大殿全貌的。这样的设计，是我这些年去过的很多寺院都没有的，也因为这段台阶，更给人一种朝圣的感觉。

攀上高台，所见却是另一番景象。两棵千年古松，像侍卫一样守着古老的东大殿。从古松的枝丫间望出去，是连绵青山形成的一个豁口，从而由平远转向深远，有了“咫尺重深”的山水图式。由此可见，佛光寺的择址并不像“乡间小寺”南禅寺那样随意，必然有过慎重堪舆。我期待着日落西山，好好在这里看一幅“日落图”。古松之间，是另一唐代石经幢，唐大

佛光寺东大殿

东大殿檐角上的脊兽栩栩如生

东大殿檐角之一

院子中的唐代石经幢

古老的转角斗拱

守在东大殿前的师父

中十一年（857）镌，轮廓秀美，雕工精致。其高度低于进门院内的那一座，底部为束腰六边形基座，上置须弥座，每面刻狮兽壶门及仰覆莲瓣，幢身刻陀罗尼经及序，末尾刻有“女弟子佛殿主宁公遇”之名。正是这一题刻，与东大殿内墨书题记相印证，成为佛光寺东大殿建造年代的凭据。当年，梁思成与林徽因、莫宗江、纪玉堂一行四人在对东大殿进行了详尽考察之后，认为它雕塑精湛、墨迹珍稀、壁画细腻、建筑古老，“在一座殿内竟保存了中国所有的四种造型艺术，而且都是唐代的，其中任何一件都足以被视为国宝。四美荟于一殿，真是不可思议的奇迹”。目前，全国共有90尊唐代泥塑，东大殿的佛坛上就有35尊，可见东大殿是多么珍贵。

东大殿在原弥勒大阁的旧址上于唐大中十一年（857）建成，面阔七间，进深四间，比南禅寺大殿要堂皇而庄重。宿白先生在《中国古建筑考古》一书中如此比较南禅寺大殿和佛光寺东大殿：“前者是万堂型作法的小型殿堂，后者是楼阁型作法的较大型殿堂。”东大殿屋顶平缓，由青瓦铺就。我尤其感兴趣的，一是屋脊上由黄、绿琉璃造就的脊兽，它们造型不同，沿着屋脊四向分开，在蓝天下显得灵动异常，仿佛稍不留神，就要跑到山野去逍遥；二是唐代斗拱，用梁思成先生的话说，此殿“斗拱雄大，出檐深远”，是典型的唐代建筑。经测量，斗拱断面尺寸为2.1米×3米，是晚清斗拱断面的十倍；殿檐探出达3.96米，这在宋以后的木结构建筑中是找不到的。

小伙伴们看得累了，纷纷在树下休息，而我则绕着大殿走了一圈又一圈，像当初看应县木塔一样，深深地被这巨大的斗拱吸引。整个下午，人都不多，其中有好几位从日本远道而来的客人，和我一样，看得入了迷，迟迟不肯离去。殿门口有一位师父，看我比较投入，便引我到东大殿一旁的六角祖师塔，说它比东大殿更早，是“会昌法难”中留存下来的整座佛寺初创时期的原物，十分难得。

傍晚时分，游客基本走完了，看守人养的一只温顺的大金毛一直陪伴着我，一起等待着夕阳。眼见着太阳越来越低，佛光寺在6点就要关门了，文物保护管理严格，我也只能依依不舍地离开东大殿，离开依偎着我的大金毛。出山门，我们遇到了象征吉祥的戴胜鸟，它在电线杆上停留了一阵，便飞向身后东大殿旁的密林。但愿它能给这座无比珍贵的唐代木构带来幸运吧。

应县木塔：峻极神工的木构奇观

年少时，我一度以为虎丘塔是中国最知名的古塔，它出现在当时我所能接触的很多地方文化书籍之上，时时与我照面。年岁渐长，我方知“塔外有塔”。古老而珍贵的应县木塔一进入我的视野，便在我心中生根，我暗下决心，日后一定找机会去实地看一下。

这个盘桓许久的念头，终于在去大同旅行的那一次得以实现。

在大同新南站坐上开往应县的中巴时，我便有一种时光穿越之感。以前去西部旅行选择自驾居多，极少坐县城或乡镇之间的公共交通，这辆中巴的破旧给人异样的真实感。车窗蒙着厚厚的灰尘，外面的世界一片朦胧，座椅后背贴着花花绿绿的广告，周围除了四五个回乡的本地人，几乎没有其他旅客。我拉开车窗，只见才出大同，外面的景象就为之一变，毫无城乡过渡地带。经过怀仁时，远山的雪还未化去，北方的春风暂未吹绿田野，一切显得格外萧疏而辽远。

两个小时不到，看到远山起伏，一座古塔影影绰绰，不用猜就知是应县木塔了。这里并没有什么高楼大厦，千百年来古塔就这么孤傲又孑然地矗立着，成为这座县城最显著的标志。

景区人不多，倒是惊鸟铃叮当作响，给寒风中人迹寥寥的木塔周围增添了一点生气。据说当年梁思成初见木塔时惊叹道："好到令人叫绝，半天喘不出一口气来！"身置塔前，我亦有同感。

远看木塔并不高，驻足近观，才发现体量庞大。塔高 67.3 米，全木结构建成。之所以初看不算高大，和应县木塔外观只可见 5 个明层有关，实际它还有 4 个暗层，合计共 9 层，有今天的 20 层左右的楼那么高。如此体量，一千年前的工匠凭借高超的技艺，全用木构搭建，不得不令人赞叹。其中起重要作用的，则是斗拱这一我国古建筑中最为重要的构件。

应县木塔堪称"斗拱博物馆"，据目前学界的考证，整座塔一共有 70 多种斗拱，计 480 朵，不同层面的转角铺作、柱头铺作和补间铺作，采用了五花八门的斗拱类型。总体观之，转角铺作的斗拱复杂程度要远超柱头铺作和补间铺作，同时，越是下层，斗拱结构越繁复、华丽。比如最下面一层的明层，用到了双杪双下昂这样受力复杂的结构。究其原因，既有实用功能的考虑，因为塔层越往下，受到的各种作用力越大且越复杂；

城市的楼宇几经变化，唯有这木塔，衬着恒山山脉，矗立了近千年

应县木塔可谓「斗拱博物馆」，斗拱类型多样

转角立柱上的斗拱

也有审美方面的因素，越是下层离我们观看的距离更近。古代匠人的用心程度和技艺水准，可见一斑。我像周围的麻燕一样，围着古塔绕了一圈又一圈，尽管文科出身并不十分清楚建筑搭建原理，但我相信，任何一个人面对眼前这古老的巨构，都会惊叹于设计者和建造者无比高超的技艺，惊叹于它能够穿越千年留存至今。

应县木塔也是一座“匾额博物馆”。尽管地处偏僻，但奇巧、雄伟的木塔建成以来，吸引了无数帝王将相、文人雅士前来观赏，因而留下了无数题词和楹联。这些文字，或写景叙事，或借物抒情，不仅为我们了解木塔建造、修缮提供了佐证，其本身也成为我们欣赏文学和书法的对象。据统计，应县木塔的匾额多达 53 面，其中 48 面依然悬挂于古塔之上：明代的有 7 面，清代的有 38 面，民国的有 1 面，年代不详的有 2 面。而最为知名的有两块：一块为上书“峻极神工”四字的匾额，为明成祖朱棣于永乐四年（1406）率军北伐于应州驻扎时所题；一块为上书“天下奇观”的匾额，为明武宗朱厚照于正德三年（1508）登临木塔时所题。相隔百年，两位帝王对木塔给予“神工”“奇观”等极高评价，可见当时它就是一座无与伦比的木构巨作。类似的评价还有“第一浮屠”“万古观瞻”“天宫高耸”“霄汉凭临”等，都悬挂于古塔之上。20 世纪 70 年代，整修塔内塑像时发现了一批辽代刻经、写经和木板套色绢质佛像画等，它们都是极为珍贵的文物。

近千年来，自然灾害和人为损坏频仍，多少亭台楼阁因此消失，踪迹全无，尤其在历代兵燹中，木结构建筑是最难留存的。也许，应县木塔能够留存至今，既有幸运的成分，也有“仰之弥高”的原因。

然而，即便如此，应县木塔也曾在民国的军阀混战中遭到过破坏，后来又因维修不当，难免受到创伤，至今已经有些倾斜。所以停止开放二层及以上楼层，实为无奈之举。如此巨构，要是真毁于一旦，恐今之技艺已无力回天。

天始终阴沉沉的，零下七八摄氏度外加五六级大风，人也越来越少。我们离开应县木塔，来到县城外的净土寺，经过一段碎石和泥土混杂的路，阴云下，净土寺显得荒寂而破落。唯一的大殿铁索上门，寒风中去敲开边上一间屋子，劳烦他们能否打开一看，大妈友好地去拿钥匙，这一开，真是大开眼界。

没想到外观平平无奇的大殿，里面竟保存了如此之好的藻井。跨进门，就被九个造型各异又拱卫在一起的藻井所吸引，尤其中间的金代立体雕蟠龙藻井最为繁复艳丽。极为特殊的是，与其他地方所见的藻井不同，其中好几个都在藻井之内雕饰了屋檐、斗拱清晰的天宫楼阁，从底下望去，楼宇重重，也许表现的正是藻井这个特殊构造本身所象征的天宇吧。

关于这座孤寂的大殿，梁思成在《图像中国建筑史》中如此描述：“山西应县净土寺大殿，建于1124年（金天会二年），距《营造法式》的刊行时间比初祖庵还要近一年。尽管有政治上和地理上的阻隔，这座建筑的整体比例却相当严格地遵守了宋代的规定。其藻井采取了《营造法式》中天宫楼阁的做法，

应县木塔一层目前可以观瞻的佛像

麻燕和鸽子常常成群围绕着木塔，它们已把这里当成了家

净土寺蟠龙藻井

是一件了不起的小木作装修技术杰作。”难怪这么一座比苏杭任何一个乡村小庙都要简陋的寺院，却是难得的全国重点文物保护单位。我虽不懂建筑，却也能感受到藻井技艺的高超和时间赋予的沧桑感。经守门人允许，我敛声屏气地拍了好几张照片。

返回大同时天逐渐放晴，我心中又埋下了一颗种子：多来几次山西吧，那么多被忽略的全国文保等着我们呢！

善化寺：雪后初晴终相遇

有些人、事、物，一旦念及，就会频频相遇，如若你对古建筑感兴趣，山西就是那座绕不过去的高峰。

在梁思成关于中国古建筑的文字中，山西一次次地被提及：云冈石窟、应县木塔、佛光寺、南禅寺、华严寺、永乐宫……任何一个拿出来，都是经典。翻阅伊东忠太的《中国建筑史》，亦有不少笔墨述及山西。因为这些前辈先贤的文章，我多次踏足山西。而那一场雪后初晴与善化寺的邂逅，至今令我难以忘怀。

三月的江南，早已草长莺飞，玉兰、樱花、李花、海棠……迫不及待，次第登场。可大同却下起了雪，航班严重延误，一路坎坷，令我哭笑不得。

然而，第二天抵达善化寺，郁结顿消。

踏雪而至，山门未启，石阶前有古松一棵，偶有人从树下走过，显得安静而肃穆。高大的红色围墙之上是深邃蓝天，地上是皑皑白雪。就在这样的背景之中，一株粉白的杏花满树盛放，仿佛画境一般。大饱眼福之余，我忙不迭地按下快门。

进入寺内，目光所及不过五六人，其中四个还是和我们一同进寺的外国青年。

山门后面是三圣殿，坐落于高台之上，面阔五间，进深四间，单檐庑殿顶。站在殿外望去，三圣殿的斗拱很难不被注意到，它们如一朵朵莲花，承托起如大鹏展翅般的大屋顶。因为使用了减柱法，一入殿内，立生轩敞之感。所谓“三圣”，即指“华严三圣”，中释迦牟尼佛，左文殊，右普贤，均结跏趺坐。释迦牟尼金身斑驳，菩萨的色彩也已暗淡，但仍显得肃穆庄严、气息古朴。在释迦牟尼佛前，还有两位站立的胁侍菩萨像。两边的壁画保存得很好，细节丰富，色彩鲜艳，年代似乎要近一些。

出三圣殿，天空显得更加蔚蓝与高远，杏花树灿烂而高大，一阵风吹来，眼前一片

仰望三圣殿，一下就明白了《诗经》所言的『如鸟斯革，如翚斯飞』

雪后初晴，杏花映着红墙，那天的善化寺格外美丽

白花花，一时竟分不清是花还是雪。檐下的铜铃叮当作响，反衬得寺内更加清寂。

我坐在普贤阁前的台阶上发呆，如置身琅嬛福地，任思绪飘远。如此明媚的初春雪后，多想在此坐上一整天，看看佛像，看看建筑，看看这春风里洋洋洒洒的飞雪飞花。当年梁思成来到善化寺，“愉快得不愿忘记那一刹那人生稀有的、由审美本能所触发的锐感”，此刻的我完全感同身受。

继续往里走，就到了大雄宝殿，面阔七间，进深五间，亦为庑殿顶，前有宽阔的月台，显然比前面的山门和三圣殿显得

文殊阁一角

一入大雄宝殿，就被一字排开的五方佛和古老的藻井震撼住了

三圣殿供奉的华严三圣像

更为庄严。善化寺的这座大雄宝殿，从殿内面积来看，在辽金建筑里亦属前列，因其同样使用了减柱法，所以前排的礼佛空间变得异常轩敞。五方佛一字排开，法相庄严，气势上比三圣殿内的“华严三圣”更给人一种震慑感，会让人不自觉地敛声屏气。五方佛两边是二十四诸天，形象生动，姿态迥异，比如广目天王，瞪大双眼向下斜视，似见了惊异之物，表情滑稽；而多闻天王，神态可掬地望着右手承托的宝塔，亲近如隔壁大伯。抬头看，正中的佛像顶部为繁复的盘龙藻井，这是一种象征等级的建筑构件，常用于皇宫、寺院和佛坛等重要场所，蕴含通向天宇之意。而藻井中间雕刻龙凤或双龙，更意味着这座建筑的不同寻常。所以，尽管大屋顶与三圣殿采取了一样的单檐庑殿顶，但无论是从高台高度、开间数量、造像设置还是屋内藻井构件来看，大雄宝殿都是善化寺最重要的建筑。

不知从何时起，我对自然景观很容易产生审美疲劳，倒是对人文遗迹越发喜欢。那种时间留下的痕迹，难以捉摸，却引人入胜。我并没有宗教信仰，却不妨碍陶醉在大雄宝殿浓郁的历史气息里，直到之前遇到的四位外国青年进来，才缓步离去。如此不受打扰地瞻仰文物，享受清新的空气和悦目的苍松、杏花，几乎涤除了一夜没睡长途赶路的疲惫感。

出善化寺，明晃晃的阳光灿烂了很多，先前广场上一堆堆的雪疾速消融。眼前是大同新修筑的高大城墙，我很想到城墙上俯瞰善化寺——要知道，在一座寺院内同时保留四座辽金遗构，已经十分难得，而善化寺的山门、三圣殿和大雄宝殿，无一例外地选择了庑殿顶这一象征颇高建筑等级的屋顶形式，更是国内孤例。当年梁思成、林徽因夫妇如此评价：“大同善化寺是我国现存辽金时期保存最完整的寺院建筑群和精美的彩塑。”“其大殿、普贤阁、三圣殿、山门四处均为辽金二代遗构，不意一寺之内，获若许多珍贵文物，非始所料。”

如今的大同，在城市竞争中有些被埋没的意味，然而，在千年前的辽金时期，它长期作为陪都而存在。作为西京，它又曾是北方较为重要的城市之一。云冈石窟在无言地述说着过去的荣光，冷清的善化寺同样在告诉我们这里曾经有过的繁华。

一座圣母殿，难忘晋祠美

在山西旅行，曾多次看到这样一句话：“三晋之胜，以晋阳为最；晋阳之胜，全在晋祠。”查找一番，我才发现它最早语出光绪年间出版的《晋祠志》，为地方文化史学者刘大鹏著。

我还看到这样一句话：“《西湖志》之详简适宜，殆戛戛乎渺矣，晋祠名胜亚于西湖，特因北人朴僿，艰于著述，故志乘缺焉。”对于久居西湖边又深爱西湖的我来说，看到这样的描述后，来到太原是必然不会错过晋祠的。

那是秋日阴雨的午后，我从太原市中心打车而至。谁知，刚买好票就是一阵滂沱大雨。我顾不得细细游览，径直向久闻大名的圣母殿而去。可谁曾想，从迎曦门起沿着中轴线走，居然要走一公里多！

圣母殿正面，七开间，重檐歇山顶

圣母殿令人惊异的木雕盘龙之一

圣母殿令人惊异的木雕盘龙之二

踏雨而至圣母殿前，鞋袜裤脚已湿透，刚刚站定收起雨伞，我就被身旁立柱的木雕盘龙牢牢吸引。它们太特殊、太古朴了！在之前游历古建筑时，我见过不少在石柱上雕刻游龙的、在木柱上雕刻盘龙的，但如此古老又脱离柱体本身，以这种无比生动之姿，似刚刚绕上立柱又几欲腾飞而去的木雕盘龙，确实是第一次见。

我就是以这样一种未及全貌而从立柱开始的特殊方式，认识圣母殿、认识晋祠的。

圣母殿为供奉周武王之妻邑姜而建，一进去吸引我的立柱共有八根，因为八为古代女性至尊之数。每根立柱都有怒目圆睁、利爪腾空的盘龙。后来查资料才知，这八条盘龙不仅形态不同，名字也不尽相同：居中两柱上的叫应龙；次两柱上的称蟠龙；再次两柱上的为蛟龙；最边上的两柱上为无角者，谓之螭龙。其中，中间六条盘龙为北宋元祐二年（1087）雕刻，另外两条盘龙增雕于崇宁元年（1102）。历经千年，多少辉煌的殿堂消失于历史长河，而这八条木雕盘龙依然如此鲜活，让我想到古人论画时常用到的极高评价——“气韵生动”，可见当时工匠技艺之精，木材之上乘。据考证，圣母殿这八根立柱上的木雕盘龙是国内古建筑同类型中最早的案例。

端详完这气势夺人的珍宝，我绕殿一周，发现圣母殿的柱子何止这一特色。

这八根立柱造型上不仅与众不同，且有着鲜明的“侧脚”和“生起”的特征——这是我国唐宋乃至金元时期木结构建筑的一大特色。所谓“侧脚”，指越远离中心的柱子，其柱心线与垂直线的夹角越大，且向建筑中心倾斜；所谓“生起”，指从中间至两边的立柱，从内往外渐次增高。这样的做法，有效分散古建筑标志性的大屋顶通过斗拱等构件传下来的受力，从而更加稳固，也让屋檐呈“反宇飞檐”态势，生动且美观。

除此之外，与很多古建筑不同，圣母殿四周有围廊，且前廊进深两间，虽有立柱却采用减柱法留下供人活动的部分空间，这便是《营造法式》中所言的“副阶周匝”的典型做法。由此形成的空间内，如今置有很多碑刻，让人绕着整座古老的殿堂走很多圈亦不觉无趣。

圣母殿内的彩绘塑像同样精彩。如今殿内尚存 43 尊彩绘塑像，除圣母像两侧小像是明代补塑外，其余都是宋初原塑。主像为齐太公姜子牙之女圣母邑姜，凤冠蟒袍，神态端庄，其余为分列神龛两侧的宦官像 5 尊、着男服的女官像 4 尊，以及 33 尊侍女塑像。宦官作拱手候命状，但形态不一，躬身、侧身、前倾者皆有之；女官端庄而立，面目清秀柔和；最精彩的当属侍女像，梳妆、歌舞、打扫等姿态皆有，有着浓郁的生活气息。她们的发髻、衣饰等，都为后人研究宋代宫廷生活提供了无比生动而真实可靠的珍贵实例。

趁着雨歇，我踱步而出，站在殿前的鱼沼飞梁前回望大殿，方识其全貌。整座圣母殿背靠隐隐青山，重檐歇山顶，面阔七间，古朴轩敞，又因为“侧脚”和“生起”，屋檐曲线平缓，两侧飞檐上翘，如大鹏展翅，不得不让我想起著名的唐代遗构佛光寺。

侍女像，梳妆、歌舞、打扫等姿态皆有，有着浓郁的生活气息

晋祠水镜台，《西游记》中孙悟空大战二郎神的小庙以此为原型

如果说佛光寺是唐代木构建筑中最令人难忘的一座，那么眼前的这座圣母殿，则是我看过的十数座宋代木构殿宇中最喜欢的一座。

大殿之侧，有四棵苍劲的古木环绕，走近看方知北侧的那一株便是知名的晋祠周柏，西周时期栽种，距今已近3000年。它是如何幸运，才能够在如此悠长的岁月里，不被各种天灾和人祸所毁，从周至宋，屹立不倒，又自宋代与圣母殿相伴千年，为我们这些后人所见。同样幸运的，还有水镜台前的一株唐槐，生生不息，枝繁叶茂。

雨后，在面积堪称广阔的晋祠景区游走一番，难老泉（与宋塑、周柏合称“晋祠三绝”）、献殿、唐叔虞祠、水镜台、唐碑亭等，都是颇有故事的历史遗迹和建筑，可我心中似乎只有圣母殿。是初到时的那场大雨，让我直奔圣母殿，而圣母殿的古老、独特和典雅，又让我一见倾心。人与物之间，可能也是讲究缘分的吧。

永乐宫：众仙朝元

运城开往芮城的大巴车，从客运中心到出城，一路不停地接客上车，如蚕破茧那样万般艰难，驶上高速后又像蚕成蝶那般重获新生飞驰而去，穿越中条山脉，就是芮城的地界了。

车停，鱼贯而出的基本上都是本地人，下了车就四散不见。我定了定神，打量着眼前这座普普通通的北方县城。

原计划直奔永乐宫看壁画去，打开手机地图，我发现一公里左右处有一座寿圣寺塔，一查还是古塔。我向来对塔情有独钟，索性在蒙蒙细雨中踱步而去。才走不久，塔尖就遥遥地探出头来，地图也不用了。这里显然没人关注，从进门到塔前，空无一人，只有风铃叮叮当当地响，把院子摇得更显空旷寂寥，倒是天空偶有鸟儿盘旋，比地面热闹一些。这让我想起去年在应县木塔

离永乐宫不远的寿圣寺塔

前的情景。

塔身修长挺秀，高耸入云，原先属于寿圣寺的一部分，可惜抗日战争期间遭遇毁寺杀僧，佛事中断，只剩古塔得以保留，一直到 1996 年才恢复。对于幸存的这座塔，古建筑专家罗哲文曾评价说：“其结构制式与外观，实处于阁楼式与密檐式之间，又为空筒式唐塔过渡到藏梯于壁体式塔心的宋塔之间的形式，十分可贵。”难怪它看着特别眼熟，材质、色彩以及上部的叠涩檐等让人想起嵩岳寺塔、小雁塔等典型密檐式砖塔，而其轮廓、线条和底下三层的仿木斗拱，又让人想起南方典型的阁楼式木塔。据塔下的简介，眼前这座孤单的石塔，“是全国真身舍利塔中，年代最久、等级最高、保存最完整的一座”。在山西，一座座被人遗忘在角落的古建筑，就是这样悄悄地过了千年，看尽人间变幻。这座无人问津的寿圣寺塔，宋天圣年间（1023—1032）就已矗立在晋南黄河畔的芮城。绕了塔身几圈，由于不能入内观看珍贵的宋代壁画，仰望了几遍壶门中雕刻的菩萨后，便出了寺门。此时，我才遇见了门口一位百无聊赖的小师父。

寿圣寺塔往北差不多两公里就是永乐宫，去的路上我心情有些激动。《朝元图》中雍容的画像，已经记不清多少次在各种印刷品上看过了，也不知多少文章对其倍加赞誉，如今，我终于要一睹真容了。

进入永乐宫后，有一段长长的通道，经过一片水潭之后，又是一大片松柏林，土塬前立着“古魏城遗址”的石碑。三月的初春，南方大地已是一片鹅黄，这里却还是一片黄土地。细

纯阳殿内的壁画无比珍贵，建筑本身亦十分古老

雨浸润后，鞋底有点沾泥，我爬了一段土塬，有点兴味索然，便直奔几个大殿而去。

南方的园林或寺院常常曲径通幽，要经过回环曲折，方柳暗花明，豁然开朗，北方的很多宫观、寺院或园林则完全相反。永乐宫堪称典型，一进正门，道路是笔直的，围墙是笔直的，几个大殿完全在一条直线上，又因花未开、草未绿，无趣是无趣了点，却清爽利落。来到三清殿前，抬头，匾额上书“无极之殿”四个大字，时间久远，已失原色，古朴得很。跨过高高的门槛，光线顿时暗了下来，气氛陡然转变，庄严而肃穆，我顾不得看正前方后来新修的彩塑，直接来到恢宏的元代壁画前。此刻，幽暗的光线，寂静的氛围，忽闪忽闪的感应灯，“禁止拍照”的立牌，以及背后管理人员时刻紧跟的目光，让人不得不敛声屏气。眼前巨大的画像，布满整面高墙，此刻来不及去细细感受其对色彩、线条、神情的描绘，强烈的视觉震撼已直面而来。以往看的都是局部，或者数尺之间，此刻却是一起向我涌来。我一时词穷，只能发出啧啧赞叹。看完一边，转到另一面高墙，继续感受这无极珍品的激烈震荡。这近 300 个人物，以南极、北极、东极、玉皇、勾陈、木公、后土、金母 8 个高 3 米的主像为中心，其余人物按对称仪仗形式排列，以南墙的青龙、白虎二星君为前导，分别画出天帝、王母等 28 位主神。围绕着这些主神，金童、玉女、星宿、力士等，在画面上徐徐展开。他们或两相对话，或侧耳倾听，或闭目沉思，或目视前方……所有人物，衣着、饰物、神情无一雷同，共同构成一幅朝拜元始

三清殿西壁北侧壁画（局部），人物神态各异

天尊的《朝元图》。这种恢宏气势，若非亲身站在其面前恐难体会。有那么一刻，我的身体抖动了几下，这在云冈石窟、龙门石窟等诸多地方都没有过，大概是气氛所致吧。有很长一段时间，整个无极之殿都没有其他人，我在画像前站立了很久，才偶有解说员带着三四个人进来，讲解画像中的各路诸神。特别庆幸，我来的时候这里并不像其他很多景点那样人潮汹涌。

其实，三清殿除了精彩绝伦的元代壁画外，建筑的很多细节部分亦让人颇感兴趣。殿内的藻井结构复杂，看着也有很久的历史了；殿外的斗拱都用纱网围着，额枋上一对一对的双龙戏珠，非常精致，应出自巧匠之手，我忍不住拍了很多特写。

可能是三清殿太让人兴奋，继续往里走，来到纯阳殿时，尽管壁画的故事性更强，史料价值也不遑多让，我却没了在《朝元图》前那种小心呼吸的敬畏感。这里以 52 幅壁画演绎吕洞宾富有传奇色彩的一生。其中，各种阶层的服饰装束和使用的器皿、设施，居住的亭台楼榭，出入的酒肆茶寮等，都是极有价值的图文资料，展示了宋、元时期社会生活的各种细节。

纯阳殿之后还有一座重阳殿，体量又进一步收缩。快速观览之后，我又回到三清殿接受“洗礼”。此时又有两位讲解员在给游客讲解，我跟着听了一些局部故事，倒也有趣。只是不能拍摄记录，略有遗憾，我只能看了又看，把这震撼的画面深深地印刻在脑海。

永乐宫除了中轴线上的龙虎殿、三清殿、纯阳殿和重阳殿之外，并无其他配殿，但旁侧有一处不可遗漏，那便是围墙外后来

纯阳殿额枋上的双龙戏珠雕刻十分生动，像活物附着其上

永乐宫的建筑亦十分珍贵，斗拱古老，用网兜保护着

建造的永乐宫迁建展览室。这里展陈的往事，是中国文物迁移史上浓墨重彩的一笔。1959 年，我国计划在黄河上建三门峡水电站工程。经测量，永乐宫原址永乐镇区域会被淹没，于是，在经济发展和文物保护之间，必须做出选择。综合考量之下，永乐宫需搬迁至 20 公里外的芮城县北龙泉村，然而，这短短 20 公里的搬迁之路，却走了 5 年。考古、建筑、绘画方面的专业人士，以及官员、民众等无数人参与其中，终于完成了这项壮举。展览陈列室内，文字、影像、实物，让当时搬迁的艰难困苦呈现于眼前，令人感慨。后来我看到学界文章说当时测量有误，本可不必如此劳民伤财，冒极大的风险。学界的争论，我一个外行难断孰是孰非，好在眼前所见的三清殿、纯阳殿、《朝元图》等，保护良好。不可复制的文物，我们必须倍加珍惜。

陈列馆内有很多当年永乐宫搬迁的照片

回到芮城县城内，天色将晚，司机推荐我去看看城隍庙。我心想，很多城市的城隍庙不是沦为古玩市场，就是市民聚会之处，文物价值往往并不高，莫非芮城的城隍庙殊为不同？司机说那里保存有宋元时期的建筑，我一听，立刻把目的地从车站改成城隍庙。天色将晚，人迹寥寥，我匆匆走过宋代的大殿，元代的享亭，清代的献殿、寝殿及配房，这些意外收获让我惊喜连连。那大气的斗拱、粗壮的额枋，看过就很难忘怀。可惜时间不早了，很多殿宇都已经关门，连城隍庙内收藏的北魏、北周、隋、唐、宋、元、明、清的碑刻、造像、墓志铭 98 通，也只是看了很少一部分。边就着傍晚昏黄的灯光往车站赶，我边感叹这座城隍庙的与众不同。

回运城的车上，我回味着一整天的行程，有点赶，也有点满。一座小小的芮城，居然藏着这么多文物古迹。都说“地上文物看山西”，运城、芮城，就已经让人应接不暇了。

京城访古，塔相迥异

谈及北京的人文景点，我们第一时间想到的必然是长城、故宫、天坛、颐和园等，它们像巨大的磁石一般，吸引着国内外的游客。在它们无比强烈的光芒之下，京城的其他诸多古迹常常乏人问津，比如西城区的天宁寺塔、妙应寺白塔和海淀区的真觉寺金刚宝座塔。千百年间，它们以曼妙的身姿，勾勒出京城西部多彩的天际线。

说起这三座古塔，就不得不补充下塔这一建筑在我国的几种主要形制，因为它们正好是三种不同类型的典型代表：妙应寺白塔是典型的藏传佛教喇嘛塔，为覆钵式，与塔这一建筑最古老的源头印度窣堵坡最为相近，主要流行于西藏、青海、甘肃、内蒙古等藏传佛教流行的地区；金刚宝座塔为佛教密宗坛城（曼荼罗）的一种形制，一般为方形塔座上面加建五座小塔，在我国较为少见，真觉寺的这座金刚宝座塔十分典型；天宁寺塔则是密檐式砖塔的典型代表，当然，密檐式塔形制多变，最著名的嵩岳寺塔、西安小雁塔、大理千寻塔等尽管均属密檐式塔，但造型差别一目了然。在我国最为流行的，则是阁楼式塔，分为砖石和木质两种主要材质。这类古塔遍布大江南北，在漫漫历史长河里高高矗立着，是一座古城的标志。这一类型的古塔最为知名且无比珍贵的，自然要数应县木塔了。

北京作为近几百年来的都城，尽管不如关中和中原地区的西安、洛阳之类建都早，但这么多种类型古塔的存在，也从一个侧面体现出京城海纳百川、兼收并蓄的包容性。

天宁寺塔是北京当之无愧的“建筑长者”，曾一度被讹传为隋代古塔，梁思成、林徽因考察后曾在 1935 年《中国营造学社汇刊》第 5 卷第 4 期上发表文章写道：“关于天宁寺塔建造的年代，据一般人的传说及康熙乾隆的碑记，多不负责地指为隋建，但依塔的式样来做实物的比较，将全塔上下各部逐件指点出来，与各时代其他砖塔对比，再由多面引证反证所有关于这塔的文献，谁也可以明白这塔之绝对不能是隋代原物。”后又在文章《由天宁寺谈到建筑年代之鉴别问题》中写道：“但其（指天宁寺，编者注）塔形显然为辽金最普通的式样，细部手法亦均未出宋辽规制范围。”20 世纪 90 年代，文物部门在对天宁寺塔进行修缮时，在塔顶发现一方石碑，正面刻有：“大辽燕京天王寺建舍利塔记　皇叔、判留守诸路兵马都元帅府事、

天宁寺塔为典型的密檐式砖塔

秦晋国王，天庆九年五月二十三日，奉圣旨起建天王寺砖塔一座，举高二百三尺，相计共一十个月了毕。”终于证实了梁、林的判断。

冬日的清晨，这里人迹罕至，只有鸽子飞过的声音和风铃叮当作响，真真如清代著名文人王世祯所言“日出不逢人，满院风铃语”。

这座密檐式砖塔和嵩岳寺塔、西安小雁塔截然不同，外立面显得更为细腻精致。八角形须弥座上和下层束腰部位的壶门里，雕刻有向外伸出的狮兽头，间柱雕刻缠枝莲纹，转角为力士塑像；上层束腰壶门中为坐佛，以力士塑像间隔，转角处亦为金刚力士；基座上部是平座，雕有仿木结构勾栏、斗拱，再上施三层密集的仰莲座以承托塔身。塔身分为两部分，下部八面，其中四面辟拱门，两侧立怒目圆睁的力士像，四面为直棱窗，两侧立慈眉善目的菩萨像。这些雕塑极为精彩，尽管部分在近千年的风霜雨雪中残破不全，但各个形象不同，异常生动，无论是正面视之，还是侧面望去，都不像静物，而有了人之性格与气势，我以为这是整座塔的精华所在。塔身的上部为八角十三层密檐，象征十三天，每层均有仿木斗拱，整体向上微缩，直冲天际。塔顶不设塔刹，而以宝顶代之。

然而，这座珍贵的宝塔建成后几经沉浮，元代初年寺院毁于战火，幸塔得以保存，香火却已不在，直到燕王朱棣下令重建寺院，并改名天宁寺，才一度兴盛。而到了清代，曾参加纂修《明史》的朱彝尊，为了躲避应酬寻得清静居住在此，远离

天宁寺塔塔身分为两部分，下部八面，其中四面辟拱门，两侧立怒目圆睁的力士像

细腻精致的密檐

充满力量感的力士像

喧嚣，埋头著述，长时间不出门。直到后来这里设立花市，才引得人们纷至沓来。正如诗中所言："天宁寺里好楼台，每到深秋菊又开。赢得倾城车马动，看花齐带玉人来。"今天的天宁寺，整洁而静谧，只有附近的部分居民来此散散步、磕磕头，鲜有大量游客，大概只有对古建筑感兴趣的人才会特意前来。

与天宁寺境遇相似的，是另一处著名的古迹——白塔寺。

80后一定都会唱《让我们荡起双桨》这首歌，每当优美的旋律响起，那颇具画面感的歌词亦在耳畔回荡："让我们荡起双桨，小船儿推开波浪；海面倒映着美丽的白塔，四周环绕着绿树红墙……"这座白塔位于北海公园，以无比优越的地理位置，成为很多以京城为背景的影视剧中绕不开的一个形象，也早早地在远在江南的少年心中留下印象。所以，在一段时间里，我一直以为文博人口中的白塔就是它。后来才恍然大悟，那座被列为第一批全国文物保护单位、被亲切地简称为"白塔"的，其实是北海白塔以西两公里外的妙应寺白塔。

春寒料峭的初春傍晚，我骑着自行车穿行在历代帝王庙四周东西向的胡同里，随着乌鸦"嘎嘎"的叫声，抬头正好撞见如巨物般矗立在西边金黄色夕阳里的白塔。于是，我加速蹬车赶至门口，可惜已经关门，只能隔着一道红墙，仰望塔影。访古心切，第二天一大早，我候着开门时间第一批冲进了白塔寺。

湛蓝的晴空下，塔身洁白耀眼，若说前一日黄昏中它看着如一位敦厚老者，此刻清晨下却似一位阳光青年。而它确实是由一位远道而来的青年主持修建的。

著名的北海白塔

从入口处远观白塔

元至正八年（1348），忽必烈在元大都要建造一座“大圣寿万安寺”，当时来自尼波罗国（今尼泊尔）年仅 27 岁的阿尼哥已经是精通建塔、造像、壁画、铸镂等诸多工事的全才，遂被委以重任。历时八年，白塔终于建成，成为大都的地标。翻看民国时期的老照片，可以发现白塔仍然是这座古城的鲜明标识。后来，阿尼哥还奉命主持建造了五台山的地标——白塔，同样高达 50 多米。

眼前的妙应寺白塔，由塔基、塔身、宝盖和塔刹构成。塔基三层，二、三层为须弥座，四角内收两个折角，让塔基看似呈“亞”形；塔身为覆钵型，横竖比例得当，显得雍容大气；上为硕大的宝盖，直径近 10 米，如一顶巨伞；宝盖之上为宝葫芦瓶似的塔刹，用 8 条铁链固定，形成一个十分端庄的整体。塔身通体洁白，沉稳大气，相较而言，五台山的白塔因为塔身修长，显得瘦削挺拔。

与天宁寺塔、妙应寺白塔所代表的古塔形制不同，金刚宝座塔这种形制在我国比较少见。位于现在北京动物园北的真觉寺金刚宝座塔是最为典型的代表。起初我并不理解为何这座建成于明成化年间的塔能被列入第一批国保名单，后来查资料方知，尽管这种形制很早就出现于敦煌北周石窟的壁画之上，这座塔却是目前所存最早的实物例证。

又是一个大清早，我几乎是卡着开门的时间赶到了。门口高高矗立着两座石刻华表，进入正门，塔身下部为残留的基座所遮挡，所以看不出高度。走到近前，才看清基座十分高大。

暮色中的妙应寺白塔，给人沉稳之感

硕大的宝盖，直径近十米，如一顶巨伞

这座方形的基座，南北长 18.6 米，东西宽 15.73 米，高 7.7 米，被分成六层，上面五层四面均刻有佛龛，龛内为坐佛，神态安详，手势不同，共有 384 身，令人震撼。下面一层为须弥座，须弥座上的雕刻，堪称精美，雕刻有四大天王、降龙、伏虎罗汉、狮子、象、马、孔雀及大鹏金翅鸟，还雕有法轮、降魔金刚宝杵、瓶、牌和佛教八宝等高浮雕图案。尤为令人印象深刻的，一是东面正中的一对迦陵频伽造像，人头鸟身，为佛国世界的一种神鸟，通常被叫作“妙音鸟”，保护得极为完好；二为须弥座束腰上枋和下枋的平面上，有当年八思巴致忽必烈的一首名为《吉祥海祝辞》的新年祝辞，用浮雕手法雕刻梵文和藏文。而南部“敕建金刚宝座、大明成化九年十一月初二日造”铭刻石匾额下的门券，也是当年工人施展才华的地方，上有极为精彩的高浮雕。

精彩的塔基之上，是五座密檐小石塔，中间一塔较高，有檐 13 层，高约 8 米，顶部是铜制塔刹，四隅的小塔稍低，有檐 11 层，高约 7 米，塔刹为石制。五塔象征五方佛，护佑一方平安。在这座金刚宝座塔的基座之上，南部还有一座清代修建的上圆下方的琉璃亭阁，尽管有格格不入之感，却让整座建筑显得颇为特别，这也是汉、藏两种建筑形制融合的一种典型。

塔身内部为回廊式塔室，四面设有佛龛，龛中为铜制佛像，供人朝拜，内有 44 级石阶，盘旋而上通往顶部平台，只是为了保护文物，游客不可登临。

如今，这里已被辟为北京石刻艺术博物馆，围绕着金刚宝座塔，露天放置着包括碑碣、墓志、造像、经幢、石雕、石质

金刚宝座塔这种形制在我国比较少见，
真觉寺金刚宝座塔是最为典型的代表

须弥座东面正中的一对迦陵频伽造像（通常叫作『妙音鸟』），保护得极为完好

晨光洒向塔基的佛像

建筑构件等多种类别的石刻，供大众欣赏学习。等我绕着宝塔走完两圈择一长凳闲坐时，一位老师带着十多位学生前来，一一讲解塔身上的各种造像。我一边听一边感慨：其实要补课的何止小朋友？关于传统建筑文化的知识普及，还有很长的路要走，大众习惯于到各种热门之地打卡拍照，而真正具有文物价值的古迹前，却常常门可罗雀。

泉州：多元文化有迹寻

七年前的初秋，我从鼓浪屿奔赴泉州，如穿越时光般，从熙熙攘攘到宁静古老。我用“被时光遗忘的泉州”来形容这座让我想起故乡苏州的古城：

> 出了开元寺就是西街。没来之前，我想象中的西街，扎堆开着咖啡店、瓷器店、书店、手工作坊等，好比是泉州的南锣鼓巷、泉州的田子坊、泉州的平江路、泉州的河坊街……哪知这条西街，完全不是想象中的样子。它就是一条 20 世纪 90 年代很多城市都有的老街，没有跟上时代的步伐，完全被时光遗忘了似的，有油腻的小吃摊、破旧的文玩店、立着老式模特的服装店、水果摊、修车铺……

西街像泉州的一个缩影，一边让我怀疑这里曾经是“涨海声中万国商”的“东方第一大港”，一边又让我庆幸如今还能有这样一个遗世独立的老城区。

七年后的初春，我再次前来，只见西街人头攒动，充斥着各种网红咖啡店、小吃店，稍不注意，和同行的朋友就会被冲散在茫茫人海中。我有点惊诧，短短几年，泉州竟然从以前的乏人问津变成现在的人潮涌动了。这也许是其成为世界遗产的缘故。

然而，当我又花了几天时间走访那些古迹，却发现岁月塑造的底色，没那么容易被改变。那座宋元时期的东方大港，那座海纳百川的国际化都市，尽管千百年过去，依然有迹可循。比如点缀在鲤城区的各类古迹，正是儒、释、道以及伊斯兰教多元信仰和文化融合的载体。

泉州文庙，斯文在兹

泉州崛起于宋代，而那个年代，由于科举考试改制、印刷术的进步等因素，儒家教育再度兴盛起来，并涌现了一大批儒学大家，如欧阳修、司马光、苏轼、王安石、周敦颐、程颐、朱熹，等。作为祭祀万圣之师孔子的文庙，自然是儒学传承之地，所以，有宋一代正是文庙地位逐渐提高、文庙建筑形制与格局开始在全国普及的时期。

泉州文庙大成殿

大成殿供奉着万世之师孔子

大成殿的雕龙石柱

泉州地区的崇儒之风，从欧阳詹、林藻等人开始逐渐兴盛，至朱松、朱熹、朱在祖孙三人，这里终成南宋理学重镇，并有了“海滨邹鲁”的美称。因此，作为儒学传承的重要场所，泉州府文庙也成为东南地区十分重要的一座。

从关帝庙走到清净寺、文庙，是一个逐渐远离喧嚣的过程。跨入泉州府文庙的那一刻，闹市被远远抛在脑后，顿时清静无比。目前的文庙建筑群集宋、元、明、清四代构件于一体，主殿大成殿有部分宋代细节构件，泮池上的石桥为元代建筑，其他配殿和长廊等为明清建筑。

文庙的布局严谨而匀称，池、桥、廊、殿，大多对称排列。大成殿稳重而厚朴，采用了重檐庑殿顶的高配置，面阔七间，进深五间，以四十八根石柱承托抬梁式木构架，正面六根檐柱浮雕蟠龙。外檐斗拱用六铺作单杪双下昂，仍保持宋代的真昂形制。大成殿又融合了鲜明的闽南建筑特征，尤其体现在屋顶上。如正脊起翘，形成优美的弧度，两端不设鸱吻，而代之以色彩艳丽的飞龙；垂脊尾部饰以繁复的卷草，并更加弯曲，直至反卷。当然，比之关帝庙等屋顶装饰，文庙的屋顶已经有所收敛且相对端庄了。

在泉州府文庙，除了观瞻大成殿、大成门、明伦堂等建筑，亦可在设于文庙内的“泉州府文庙文物陈列馆”“泉州历史名人纪念馆”“泉州古代教育展览馆”等处了解儒学是怎样在此兴盛的，以及那些从这里走出去的名人，是如何在千年间施展自己的才能的。

泉南佛国，丛林遍布

南宋著名理学家、与泉州有着密切关系的大儒朱熹曾云“此地古称佛国，满街都是圣人”，可见当时佛教传播在泉州的兴盛程度。如今，在泉州留存的佛教古迹十分众多，开元寺、承天寺、崇福寺为泉州三大寺院，散布于鲤城区。

开元寺是泉州的名片。这里的两座古老石塔，经常出现在关于这座城市的绝大多数外宣影像中。

第一次去泉州的时候，我于傍晚时分从西门入，抬头便是斜阳晚照的仁寿塔。人非常少，少到让人怀疑它竟然是这座文化古城最具标志性的景点。石塔仿木结构，八面五层，每一面的门龛两旁，有武士、天王、金刚、罗汉等浮雕造像，沐浴在傍晚金黄色的光线里，更添一份千年时光的厚重感。东边的镇国塔，形制与仁寿塔相仿，同样有着非常精致的浮雕造像，以及清晰的仿木斗拱。

第二次到开元寺，我从正门进入，非常特殊的是，在山门之外还有紫云屏——小小一道影门，隔绝了尘世，氛围也大不相同。尽管如今开元寺已不像第一次来时那样门可罗雀，但依然比西街要清静不少，且很多人都围着东西双塔拍照，其他区域体验也不错。山门内有楹联一副——“此地古称佛国，满街都是圣人”，正是由上文提及的朱熹所写，并由弘一法师所题。进入山门，冠盖如云的大榕树，两侧有数座石塔和经幢，有陀罗尼经幢、宝箧印经塔、窣堵坡式塔等，种类丰富。一群白鸽

开元寺东西双塔，
已成为泉州的地标

沐浴在落日余晖中的千年古塔

斜阳中的飞檐，有典型的地域特色

俯瞰开元寺大雄宝殿

开元寺里的部分经幢

围着这些石塔飞来飞去，成为开元寺里令人难忘的一景。

除了东西双塔，开元寺最重要的建筑当属中轴线上的大雄宝殿，面阔九间，进深六间，横向非常轩敞，足见其等级之高。屋顶为结合闽南建筑特色的重檐歇山顶。很多人初见大雄宝殿，都要被正中悬挂的“桑莲法界”匾额给镇住。大多寺院均悬挂书法字体的“大雄宝殿”四字，为何开元寺的这座大殿要挂这样的匾额呢？实际上，在唐垂拱年间初建时，这里是莲花道场，“桑莲法界”意即“桑开白莲的佛法圣境”。尽管这座大雄宝殿非唐宋时期的古建，但其另有两个独特之处，让它殊胜于其他同类型建筑。此殿又叫“百柱殿”，空间宏大，但为了留出礼佛空间，用了减柱造，建筑过程中将桁梁加长，原计划的 100 根立柱减去了 14 根，成为典型的“偷梁换柱”构造。另一个突出特色是，在佛教寺院罕见地出现了印度教的内容，集中于月台须弥座上，束腰间嵌有 72 幅狮身人面像和狮子浮雕，据传为明代修缮时从其他已经倾圮的印度教寺院迁移而来。

大雄宝殿东侧为尊胜院，是弘一法师的纪念馆。一进院门，便是一方更加静谧的小天地，桂花树下，蔓草丛生。弘一法师的白色塑像安居其中，四周绿色环绕，营造出一种远离人间烟火的氛围。这种氛围，倒颇为契合他传奇人生终归平淡、清寂的经历。

与开元寺相隔不远的承天寺也是泉州非常著名的佛教寺院，人流明显要少很多。跨入朝西的山门后，是一条长长的通道，旁边树立着多座石塔，栽种着高大的榕树，行走其中如漫步林

大雄宝殿的『闽南甲刹』显示了当时承天寺在泉州乃至福建的地位

大雄宝殿前高大的榕树

殿堂四周的回廊，是游客歇息的好地方

承天寺中的宋代经幢

经堂一角

荫大道。真正进入寺院，则要拐 90 度弯，才能抵达弥勒殿、大雄宝殿、文殊殿、大悲阁、讲经堂等，这种格局十分特殊。

承天寺在最鼎盛时曾有 40 多座殿宇，很多高僧大德都是从这里走出去的。可惜这座曾经宏大的寺院，在南唐初建之后就一直遭到人为损坏。如今真正的古物是 7 座宋元时期的石塔。不过，20 世纪 80 年代承天寺经过重新修建，目前已有 20 座左右的楼阁殿宇，虽不能与最鼎盛时期相比，但“闽南甲刹”之誉实不为过。而且与开元寺形成鲜明对比的是，这里的总体氛围缓慢而悠闲，并不全是着急忙慌拍照留影的游客，反而有不少闲坐发呆、缓步思索、翻书阅读、虔诚礼佛的人。

道家信仰，生生不息

作为发源于中国且由中国人自己创立的宗教，道教在泉州一样根深叶茂。

道教尊奉春秋时期的哲学家、思想家老子为开山鼻祖，由他所著的五千言《道德经》，千百年来对我国产生了深远影响。而目前最著名也是最珍贵的老子石刻造像，就位于泉州的清源山中。此尊老子像宋代雕刻而成，高 5.63 米、宽 8 米、厚 6.85 米，背靠清源山右峰，巍然端坐，神态肃穆，须髯飘动，额纹清晰，正所谓“石像天成，好事者略施雕琢”。如今经过岁月洗礼，造像与自然山体、草木融为一体，似乎它天然就该在这里，阅尽人世间沧桑。

泉州的民间信仰丰富多彩，作为海港城市，海神信仰源远流长。在古代，由于气象、航海等技术的限制，出海谋生必然面临诸多风险，甚至会搭上性命。因此，海商、渔民乃至地方官员，都会祈求海神保护，进而有了供奉海神的宫观。妈祖信仰在北宋时期产生，泉州港正好从那个时候开始繁荣兴盛，信仰与需求一拍即合，供奉妈祖的天后宫陆续在东南沿海诞生。

泉州的天后宫是国内现存建筑规格最高、规模最大、建造最久的妈祖庙。早饭后我径直赶往那里，进门就见冠盖如云的两棵大榕树，繁茂的垂须之下一堆老人在拉家常，估计这里是他们长久以来的聚集地吧。天后宫在宋代初建时由宋徽宗赐额“顺济”，明代曾改名为“天妃宫”，直到清代才叫“天后宫”。现存的天后宫，主体建筑分布于南北中轴线上，有山门、戏台、东西阙、正殿、东西廊、寝殿、东西轩、四凉亭、两斋馆和梳妆楼等，其中正殿、凉亭和廊轩为明清建筑。当然，与文庙、开元寺、承天寺等处一样，天后宫有着鲜明的闽南特色，最明显的便是建筑色彩与屋顶造型。

我对妈祖信仰印象最深的是几次去台湾游玩，到处可以见到大大小小的妈祖庙。泉州的天后宫与之相比，确实要宏阔得多，看里面陈列的一些文物和文献记载，可发现二者渊源颇深。这里相当于“祖庭”，明清时期，从闽南一带去往台湾跨海经商的人，把妈祖信仰也带了过去，并使其落地生根，枝繁叶茂。直至今天，前来寻根谒祖和进香的台胞依然络绎不绝。从此处走出去的海外侨胞还把妈祖信仰带到了世界各地。尤其是东南

泉州天后宫是国内现存建筑规格最高、规模最大、建造年代最久的妈祖庙，此为天后宫正殿

亚的很多城乡，也不乏妈祖庙的存在，不少都与眼前的这座天后宫有渊源。

在泉州的道教宫观之中，最热闹的估计要数涂门街上的关帝庙了，哪怕与泉州地标开元寺双塔相比，也不遑多让。两次去泉州，每次经过关帝庙，里面都是人声鼎沸、香烟缭绕。

“海丝”起点，多元融合

一条涂门街，汇聚了十多处宋元文化遗存，尤其中间一段，在几百米内就有代表儒家信仰的泉州府文庙、代表道家信仰的关帝庙，以及代表伊斯兰教信仰的清净寺。这样多元融合的人文景观，在国内十分罕见，究其原因，还是得益于当时泉州的飞速发展，尤其是海外贸易。作为“梯航万国”的东南巨镇，泉州是海上丝绸之路的起点之一，而当时的重要贸易对象，便是阿拉伯和波斯一带的商人。人员往来，必然也会带来他们的信仰。因此，现存最古老的伊斯兰教寺不在大西北，而在东南的泉州，便很好理解了。

清净寺是一座有着千年历史的古老寺院，始建于北宋大中祥符二年（1009），原名圣友寺，又称艾苏哈卜大清真寺。目前留存的主要建筑为门楼、奉天坛、明善堂等。

清净寺的门楼高 12.3 米，连带着围墙像是一座城门，但入口处的尖拱门券、辉绿岩砌筑的半圆形穹顶，都是典型的清真寺特征。入口处的穹顶与我国传统木构建筑的藻井相似，如蜂

清净寺的门楼，是涂门街上非常具有标志性的建筑物

巢般雕刻着精致的小型拱门。这座方正、威严的门楼，与广场前栽种的典型南方树种棕榈，共同构成了一个别有阿拉伯特色的小型区域，在涂门街上显得别具一格，令人过目难忘。

如今进入清净寺，最有古意的地方当属奉天坛。这是伊斯兰教信众当初做礼拜的地方，如今四周围墙以及若干古老的石柱都在。其中西墙为朝向伊斯兰圣地麦加的正向墙，因而保留了最多的建筑细节，从南至北共有六个小壁龛和四座长方形门，龛与龛间开设长方形大门各两个。中部砌饰一座雕刻阿拉伯文

奉天坛遗留的石柱以及内容丰富的西墙

仰观清净寺门楼

奉天坛东侧的东墙

《古兰经》的巨大尖弓宝盖状壁龛。其余三墙比较简约。东墙辟拱形大门，南墙开八个长方形横窗并与门楼形成一个整体，北墙开一大门。中间的空白区域，为当时大殿的主要空间，目前矗立着九根残柱以及十二个柱础，为 1998 年经考证后恢复原位竖立。去过阿拉伯地区或土耳其众多清真寺的游客，应该能想象得到穹顶高耸、月亮高挂的情形。千年前完好的奉天坛，应该也是泉州这座东方海港的地标建筑吧。

要想了解这座古老的清净寺，我们还可以去西墙外的小型展览馆，那里用文字和老照片介绍了清净寺的来历、独特的历史地位和建造过程，并陈列了不少当时的花岗石残存构件。

除了清净寺，在泉州凤山社区东南 200 米的灵山南坡，还有一座面积约 300 平方米的伊斯兰教圣墓，也是研究泉州海外交通史及伊斯兰教传播史的重要史迹之一。

第三篇 山石有言

那些城外的山谷，那些毗邻寺院的石壁，当某一天被发愿禅修的僧人凿下第一斧时，便已不再是静默的自然，而是包含了无声的诉说。尤其当政治与宗教桴鼓相应时，营建石窟、雕凿佛像、绘制壁画，就成为一桩鸠工庀材的大事，比如四大石窟，有的持续营建竟逾千年。它们历经风霜，是历史，是艺术，是文化，甚至比文字更为经久与可靠。

昙曜五窟，一见难忘

在中国雕塑史上，有一座高峰，上承秦汉，下启隋唐，既博采印度甚至希腊雕塑的技艺，又广收彼时中原文化的诸多元素。梁思成在《图像中国雕塑史》中说：“得到西域袭入的增益后，更是根深蒂固，一日千里，反将外来势力积渐融化，与本有的精神冶于一炉。”这座高峰就是云冈石窟。

云冈石窟众多造像之中，当数开凿于460—465年的昙曜五窟为巅峰。作为云冈开凿时间最早、气势最为宏大的窟群，它们常常出现在讲述山西历史的书刊、电视节目和其他外宣影像中，让人印象深刻。

这次我带着朝拜的心情前来，进了大门却迟迟未见这些位于武周山的石窟群。穿过广场，又路过新修的灵岩寺，跨过石桥，再走过一片大广场，也不知走了多久，才终于站在石窟之前。

我能感觉到自己呼吸急促，仿佛历经磨难一般，还好人没那么多，心情和脚步自然一起放缓。

前面几处造像破损严重，站在第三窟黑魆魆的入口，前方的佛像被上方另一个洞口射入的光线照亮，像极了专业人像摄影时的布光，让人不由得将目光聚焦在高大的佛像上。走到主佛跟前仔细端详，面容圆润饱满，祥和淡定。往下看，发现佛像是双腿下垂的坐姿，而非盘腿结跏趺坐，因而会觉得上下身比例略有失调。主佛两边各有一尊站立的菩萨，上半部保存较好，下半部已经破坏不堪。进入洞窟后发现，此窟格局特殊，分前、后两室，佛像前有两根雕满千佛的立柱。据称，此窟为未完成状态，与北魏孝文帝迁都洛阳有关。至于这里的造像何时所造，学界则有不同的看法。宿白先生据《大金西京武州山重修大石窟寺碑》考证，这三尊“西方三圣”大像为唐初在北魏未完工的后室续雕；以梁思成先生为代表的建筑专家认为此造像完成于北魏；以阎文儒先生为代表的专家认为是中唐时雕凿；日本学者关野贞等则认为是隋炀帝为其父母所造。

第五窟也是一座大型窟龛，门外有重檐阁楼，游人也骤然多起来了。进入后方知，这里边的佛像在云冈石窟中为最高大的一尊，且色彩鲜艳。这一窟聚集了特别多的人，很难安静瞻仰，我们被挤到主佛左侧的角落里。抬头一看，两尊并排的小像中有一座特别吸引人，其形象很像我们现实生活中的祖母，乜斜着双眼，正好望向游人聚集最多的中央区域。主佛吸引着无数

昙曜五窟之第二十窟施禅定印的佛坐像，如今也是云冈石窟的标志

巨大的第三窟佛像。第三窟是进入云冈后第一个给人印象深刻的洞窟

人的目光，她却静处一隅，似笑非笑，似乎洞悉了一切，意味深长。

从第五窟出来，细雪飘扬，风也大起来了，冷得人直哆嗦。后面几窟看得并不认真，好像第一波高潮已过，有点懈怠，同时又觉得自己知识储备欠缺，面对丰富而生动的佛、菩萨、飞天、乐伎、舞伎以及明显带有故事性的画面，不知所以，只能匆匆掠过。

终于来到最为著名的昙曜五窟。此时风雪更猛，好像前面的一切都是铺垫，此时才迎来高潮。

昙曜五窟，具体是指第十六窟施无畏印的佛立像、第十七窟的交脚菩萨像、第十八窟的佛立像、第十九窟施无畏印的佛坐像和第二十窟施禅定印的佛坐像。从第十六窟开始一个个慢慢看过去，走到第二十窟的时候，风雪渐消。等到我从云冈石窟博物馆出来再次回到昙曜五窟时，头顶已艳阳高照，晴空万里。老天似乎洞悉了我内心微小的起伏，以这样一种方式予以应和。

一般认为昙曜五窟分别模仿北魏早期五个帝王的形象，但它们具体指代哪一位帝王，学术界一直争议颇多。这五窟佛像单从面容看，差别极大。第十六窟最接近现世中人，相对消瘦。第十七窟破损较重，看上去面目略显狰狞。第十八窟笑靥浅浅，温暖和善。第十九窟面无表情，目视前方。第二十窟端庄稳重，符合常人心目中的佛像形象。我来回端详了很久，真是各有各的造型，各有各的性情。在学界看来，“五尊大佛在代表佛陀的同时，也分别象征具体的皇帝个人。这种特殊的佛教造像在

雪过天晴，坐佛安然

第五窟的一座小像，非常像现实生活中的祖母形象

汉化后的云冈飞天形象

印度或其他佛教先进地区从未出现过，昙曜五窟的开凿，揭示了与印度佛教不同的中国佛教的开创”。这也正是昙曜五窟更具深远价值之所在。

待到快要关门时，我向出口走去，穿过好几个广场、长廊、商业街，还看到了打气球的游戏场地……在通往出口的漫长路途上，我想起了希腊的奥林匹亚遗址和土耳其的以弗所遗址。它们都是超过三千年的古遗址，也都是大景点，但其中的古迹是绝对主角，仅在门口零散分布着一些小店，倒是给无家可归的猫狗们留下了很大的空间。夜幕降临，游客散去，它们安静地陪伴着古遗址，也许它们比我们更懂得古老和荒寂之美吧。

从云冈到龙门：一场审美的嬗变

人至中年，但孩童的好奇之心好像从未消失。正是这点星星之火，激励着我去游荡四方，探个究竟。从云冈石窟归来后，我就总想着龙门石窟，终于在最炎热时分，来到了古都洛阳。

我一直有个朴素的观点：时间上的延续或空间上的切近，必然会在文化上显示出相似性或某种演变。始凿于北魏孝文帝迁都洛阳后的龙门石窟，与凿于北魏的云冈石窟肯定有着千丝万缕的关系。这一点，在泰国大城也得到了证实，当时身处其中，我总觉得它和柬埔寨的吴哥窟非常像，后来回到酒店一查，两个地方确实非常近。某种意义上来说，这次洛阳之行，就是来满足这种好奇心的，我想实地看看同为“四大石窟”（莫高窟、云冈石窟、龙门石窟和麦积山石窟）的它们，究竟有着怎样的关系。

龙门石窟分布于伊河两岸，其中西山保存了最多造像，洞窟如蜂巢般密布山崖

“洛阳四郊山水之胜，龙门首焉”，每一个到洛阳的人，都可能会来到龙门。静静的伊河把龙门石窟分为东西两山，风光有多旖旎，真的说不上，但龙门的“山水之胜”，胜在包孕其中的深厚历史文化。

游览龙门石窟和云冈石窟的感受很不同，云冈的游览给人一种节奏感，有引子，如第三窟最大的洞窟，一下子就会把你吸引住；然后到了五华洞，彩绘异常绚丽，飞天雕刻精美，像一首序曲；慢慢经过其他洞窟后来到昙曜五窟，以北魏五个帝王为原型的高大造像，如高潮一般让你无法忘却。可是入龙门石窟，宾阳洞、摩崖三佛、万佛洞、莲花洞，一个个看过来，不分伯仲。精彩当然精彩，但被一窟独大的奉先寺掩盖了光芒，一到奉先寺，人潮骤然汹涌。

卢舍那佛、阿难和迦叶二弟子、胁侍菩萨一字排开，天王和力士呈围合之势，与之前的洞窟需要你凑近了仔细看不同，奉先寺的这一组造像从气势上一下就吸引住你了。尤其是卢舍那佛，身高 17 米有余，头高 4 米，耳朵长 1.9 米，造型丰满圆润，仪表堂皇，衣饰流畅，气度非凡。细看，面呈女相，丰颐秀目，嘴角微翘，呈微笑状。据说是当时的工匠以武则天为原型所造。难怪，站在奉先寺的卢舍那佛前，回想云冈的昙曜五窟，会有一种强烈感受，它们是如此不同：眼前的造像，气质温和，呈现出安详、富足、平和之态；而云冈的很多造像，则褒衣博带、秀骨清像，甚至有几尊带有一点苦相。因时代的不同，魏晋时期的审美追求与盛唐的差异，就如此鲜明地呈现在这些千年文

龙门石窟最主要的洞窟——奉先寺，造像宏大，无论是造像体量还是形态，都充分体现出大唐风度

龙门石窟奉先寺的卢舍那佛，据称是以武则天为原型塑造的

宾阳三洞主窟，始凿于北魏

龙门石窟雕凿时间最早的古阳洞

物之上。若不是身临其境，只看书本描述，是断然不会有这么真切而直观的感受的。

离开奉先寺继续往前走，人群又开始四散开来，有的甚至疾步往前，跨过伊河，直接去东山的一些石窟。我喜欢拍照，脚步自然要慢一些。走到古阳洞前，虽然主像面部已经被削得残缺不全，但整体身形和脸型，又让我想起了在云冈看到的那些造像——这一次不是因为差异巨大，而是似曾相识。直到看了介绍我才豁然开朗，原来古阳洞是龙门石窟最早开凿的，经考证，为北魏孝文帝为其祖母冯太后营造的功德窟。难怪这里的造像依然保存着秀骨清像的风格。而且，当时支持孝文帝改革和迁都的一批王公贵族也多于该洞发愿造像，延续了很长一段时间，因此该洞集中了最多的北魏时期造像。这时候我才明白，为何奉先寺前的很多洞窟不会令人马上想起云冈的造像，毕竟它们开凿于北魏晚期到盛唐期间，造像风格已经逐渐演变。

跨过洛阳的母亲河伊河时，太阳已西斜，附近的村民在河中绿洲上垂钓，没有导游的讲解和游客的喧闹，一切那么安静，好像进入了那种神秘的历史氛围之中，如若垂钓之人换上古人衣裳，分明就是一幅“伊河晚钓图”。

西山集中了龙门石窟的精华，或者说西山拥有奉先寺和古阳洞这样的精华，而东山的石窟就没那么吸引人了，尤其是炎炎夏日，我们已经汗流浃背，很想找个地方躲一躲。结果看到白居易墓就近在咫尺，突然又有了兴趣。这位最爱“忆江南”的唐朝官员，做过我的故乡苏州的刺史，也做过我生活所在地杭州的刺史。这位写出了千古绝唱《长恨歌》的大诗人，怎么可以忽略呢——可是偏偏很多人是忽略的。墓园里人迹寥寥，苍松翠柏，青草萋萋，墓冢周围清爽干净。时近黄昏，暑气渐消，我们在石凳上休憩了一会儿，权当短暂陪伴吧。

回来后看一些资料说“四大石窟”直至龙门，才基本实现了佛教造像的汉化，那么，开凿年代更久远的敦煌莫高窟和天水麦积山石窟，应该有着更为鲜明的不同风格吧？

高峰敦煌

在真正抵达敦煌之前，我去格鲁吉亚和亚美尼亚、去新疆，航线都要越过绵延不绝的祁连雪山，当舷窗外开始出现广袤的戈壁和荒漠的时候，离敦煌就不远了。每次经过敦煌上空的时候，我都默念着：下一次大概要来这里了吧？可是心里依然存有畏惧——不做一些功课，怎么来敦煌呢？

2020年疫情突如其来，上半年几乎哪儿也去不成，正是买书、读书的好时机。那会儿，正好是樊锦诗院长自述《我心归处是敦煌》影响日隆的时候。在买下这本书之时，我顺带着也把早些年出版的“丝绸之路与敦煌文化丛书”、《敦煌艺术十讲》、《生活月刊》编的《敦煌：众人受到召唤》、井上靖的《敦煌》，甚至斯坦因的《西域考古记》等近十本书一并买下了。虽然后

离莫高窟不远的鸣沙山

来没有全部看完，但某种程度上给自己壮了胆，终于于疫情稍缓的夏末踏上了前去敦煌的朝圣之路。

从兰州起飞后，很快就见到皑皑白雪覆盖的祁连山，之前我曾开车自驾由南至北翻越祁连山，如今从空中俯瞰，反觉有点不可思议。群山相连，一山高过一山，有时候绵延至远方，与云携手。经过张掖附近，还能看到红色的丹霞地貌，待到高山连绵将尽的时候，沙漠开始出现了，敦煌也就快到了。

不得不说，这是一趟较为舒适且视觉上非常惊艳的旅程，然而，当年的敦煌，又岂是那么容易到达的？

直至20世纪五六十年代，樊锦诗还回忆说："大家住土房，喝咸水，风沙肆虐，寒暑更迭，从莫高窟去一趟敦煌县城，要走大半天的路，几乎过着与世隔绝的生活……"很难想象，公元366年，乐尊和尚到底受到了多么强大的感召，才会发愿凿下第一斧，从此开启了敦煌延续千年的开窟造像历史。

今天来到莫高窟，要先观看一段纪录片和立体影片。说是纪录片，不如说宣传片更合适，唯美精致，但并无多少内容，倒是立体影片颇为震撼。这是"数字敦煌"项目的一部分，由于敦煌壁画、石窟异常珍贵，从保护文物的角度出发，敦煌研究院开启了规模宏大的"数字敦煌"项目，对敦煌石窟和相关文物进行全面的数字化采集、加工和存储，将图像、视频、三维等多种数据和文献数据汇集起来，构建一个多元化与智能化相结合的石窟文物数字化资源库。这不仅有利于文物保护，对于敦煌的研究、传播也大有裨益。短短20分钟的立体影片，让

莫高窟第96窟——九层楼

人身临其境，叹为观止——跟着镜头，转向石窟的各个角落，壁画的线条、笔触都能看得一清二楚。这是一个不得已却又极好的补偿，因为很多石窟和壁画，因位置、光线、角度等因素制约，实地看的时候是看不太清的。何况为保护起见，莫高窟的很多窟不对外开放，若不是特殊渠道我们是无缘得见的。

从数字展示中心到莫高窟石窟群，还有近 14 公里的路。三危山似山又似沙丘，环绕着一小片绿洲。这一小片绿洲，就是莫高窟真正的所在地。

窟前白杨高耸，挺拔地伸向蔚蓝高远的晴空，与江南景色大异其趣。待导游带我们真正开始看石窟的时候，十来个人敛声屏气，一方面是窟内的气氛所致，一方面很想听清导游的讲解。莫高窟就是如此，看似平淡的任何一个细节，其实都深藏着历史故事、文化知识和艺术审美。比如，有着拜佛、起居、禅修等不同功能的石窟，其造型也有所不同；从十六国至五代，直至唐代，覆斗式石窟数量逐渐增多，成为唐代石窟的一个典型特征；飞天自印度传入之后开始了汉化的过程，从原始朴拙到轻盈动感，再到生动活泼，极具生命力，每个年代都有明显不同的特色……以前在书本上所接触到的信息与知识，在记忆中已漫漶不清，甚至无影无踪，但当实物实实在在地呈现于眼前的时候，便如同化学反应一般，片段式地开始逐渐显影，并得到进一步加深。

这些年我对石窟越发迷恋，其实是基于一个朴素的观点：对于过去，文学并不可靠，夸大其词是常有之事，而文字记载

后来修建的道士塔

河西走廊西部尽头的敦煌莫高窟，位于三危山山脚的峡谷之中，前后开凿持续约千年

的历史也并没有那么可靠，因为它们常常带有时代和个人的局限性。而石窟造像、摩崖石刻以及壁画，它们才是通往漫长历史相对可靠的凭证。王国维当时提出的文献与考古相结合的“二重证据法”之所以在文史研究中产生重大影响，亦与此有关。

那些佛教史迹故事、佛像造型、摩崖文字、供养人画像、装饰图案等，才是当时人们生活、信仰的真实写照。所以，宗教、绘画、建筑、服饰、民俗、对外交往……无数领域都可以在这里找到线索甚至答案。当年梁思成发现藏于深山的唐代古寺佛光寺，也是因为法国汉学家伯希和的《敦煌石窟图录》提供了相关线索。如今，这幅令人叹为观止的巨幅《五台山图》壁画，历经千年，依然静静地躺在莫高窟第61窟幽暗的西壁之上，图长13米、高3.6米，详细描绘了东起河北正定、西至山西太原，方圆五百里的山川地形及社会风情。图中所绘的城郭、寺庙、楼台、亭阁、佛塔、草庐、桥梁等各类建筑170多处，成为无比珍贵的古代建筑史料。当然，一个窟、一幅画、一座像，不足以说明问题，甚至很多地方在历史的长河中经历了人为改造，并不见得完全真实可信。然而，当我们掌握了丰富的信息，加以甄别和研究之后，得出的结论就比较令人信服了。而敦煌，就给无数研究者们提供了这样的沃土——自前秦以来，历经十六国、北朝、隋、唐、五代、西夏、元等历代的兴建，莫高窟形成巨大的规模，有洞窟735个，壁画4.5

《五台山图》局部

《五台山图》中的佛光寺

万多平方米，泥质彩塑2400余尊，是世界上现存规模最大、内容最丰富的佛教艺术圣地。而“敦煌学”，也成为举世公认的“三大显学”之一。无数专家学者投身于此，一入就是一辈子，源源不断地给我们提供知识与艺术的养料。

这一次观看的石窟，给我印象最深的当数第16、第17窟，严格来说它们同处一室。而第17窟，便是广为人知的藏经洞——这是一个被烙下深深耻辱的洞窟，也是一个闪烁着光芒的洞窟。

在20世纪初藏经洞被再次发现的时候，其实整个莫高窟已经淹没在历史烟尘中近600年了。

明朝时期，敦煌一带在当时作为羁縻卫所，只起到一定的军事作用，待到嘉峪关被废弃，更是成为关外之地。从此，敦煌不为人知，莫高窟更是不复盛唐时期佛光万丈的气象，逐渐暗淡，终于淹没在漫漫黄沙之中。直至一个名叫王圆箓的道士，在风雨飘摇的清末云游至此，意外发现了藏经洞，莫高窟才又重新被世人所知。这一发现，本可以是惊天壮举，像纪念碑一样矗立于我们的艺术史之中，被永远歌颂。然而，王道士却成为“历史的罪人”，被钉在了耻辱柱上。因为就在他发现藏经洞不久之后的几年，匈牙利人斯坦因来了，法国人伯希和来了，日本人吉川小一郎来了，他们无一例外地，以极其低廉的代价换取了经卷、绘画、写本、文书，甚至唐塑、壁画等无价之宝。同时，藏经洞也遭到了破坏性的盗取，许多无价之宝至今远离故土，四散万邦，以至于当时日本学界不无鄙夷地流传着“敦煌在中国，敦煌学在日本”的说法。然而，责任全在王道士吗？

我们进一步阅读一些文献之后会发现，他曾经努力过，也曾多次向官府呈上藏经洞的经卷和画作等，只是多半被弃如敝屣。而在上缴的过程中，部分又遭到私扣、贩卖。官员们并未真正认识到这些无价之宝的价值，仅仅让王道士回去好好看管便了事。如今，我们要看敦煌的艺术珍品，除了实地造访外，只能去法国吉美博物馆、英国大英博物馆等海外收藏馆了。

眼前的藏经洞其貌不扬，甚至空空如也，要不是之前做过一些功课或导游着重讲解，很容易就错过了。现在来莫高窟游玩，除非额外花钱预约特窟，能看的石窟非常有限，若是遇上高峰期，人潮汹涌，更是很难静下心来听讲解。好在每一个导

敦煌壁画《九色鹿经图》

游会根据石窟年代的不同、保护情况的不同而做不同的讲解，所以哪怕是蜻蜓点水，亦能让游客知晓一些造像、服饰、用色、表现手法等诸多方面的年代差异。我印象深刻的石窟还有 257 号洞窟的《九色鹿经图》，这是北魏时期洞窟壁画的经典之作，再现了“鹿王本生”的故事。我因为小时候看过《九色鹿》的动画片，印象特别深刻，如今面对原作，线条仍旧如记忆中一样优美而灵动。九层楼内的 96 号洞窟的佛像是敦煌最大的佛像，亦让人记忆犹新。一来，因为外面的九层楼已成为莫高窟的标志；二来，这尊塑像在古代造像中的高度（35.5 米）仅次于乐山大佛（坐高 62 米）和荣县大佛（36.67 米），很难不让人想到它初凿的那个年代——大唐的雍容华贵在这尊大佛上尽显无遗，那也是莫高窟历史上最为光芒四射的荣耀时代。

离开莫高窟之后我的情绪有点复杂，有种不远万里前来却只是门外一窥的遗憾，又有种惦念许久终于得偿所愿的释然。

季羡林先生曾说："世界上历史悠久、地域广阔、自成体系、影响深远的文化体系只有四个：中国、印度、希腊、伊斯兰，再没有第五个；而这四个文化体系汇流的地方只有一个，就是中国的敦煌和新疆地区，再没有第二个。敦煌文化的灿烂，正是世界各族文化精粹的融合，也是中华文明几千年源远流长不断融会贯通的典范。"如今，我们作为普通的旅行者有幸可以选择，所以无论何时，敦煌应该成为今生的必然之选。

河西走廊石窟行迹

一个地方，如果既有连绵的雪山和蔚蓝的湖泊，又有众多古迹和寺院，自驾难度还不高，就很难不受欢迎。比如甘肃、青海，这几年火速出圈，成为十分热门的自驾游目的地。

我曾三次前往甘青地区，深深为祁连山这座连绵山脉孕育的西北绿洲所折服。而最难忘的一次，莫过于沿着河西走廊，追寻古人足迹，探访一众石窟寺所在的佛国妙境。

黄河以西、祁连山以北、阿拉善高原以南，这条呈西北—东南走向的狭长地带，自张骞出使西域起，便成为沟通中西的交通要道和咽喉地带。古时，中原与中亚、西亚，甚至南亚、欧洲的沟通都要经过这里，不同民族间，既有金戈铁马、互相挞伐的征战，亦不乏商贾往来、边民交市的友好。而其中，以佛教与中原文化相互融合、激荡为主的碰撞交流亦成为重要的旋律，回荡千年。法显西行，鸠摩罗什弘法，玄奘取经……这里梵音缭绕，也就有了散落在这一片绿洲上的无数石窟寺。

“石窟鼻祖”天梯山

我们从兰州出发，一路往西北自驾前往武威。快要抵达天梯山石窟时，有种历经漫漫长途终于得以相见的迫切感。不过，我们还是在附近的老虎沟顶短暂停留，一窥天梯山周边独特的自然环境。

爬上老虎沟顶，这里如同高山草甸般的山头几无树木，置身烂漫野花之中，放眼俯瞰，见到的是碧绿如翡翠的黄羊水库。查看地图，天梯山石窟紧贴水库，背靠层层叠压的贫瘠山头。水库的另一边，是一片由黄羊河冲积而成的开阔绿洲，顺着河流方向放眼望去，便是白雪皑皑的祁连山。如此宏阔，如此得天独厚。

下山沿着水库前行两三公里便抵达石窟，如今这里已是文保所，鲜有游客。

进入售票点后，先要穿过一道山洞，继而沿着绝壁前行一小段，方能看到石窟。我们抵达时石窟正进行部分维修，所以只能站在弧形大坝上正面仰观施无畏印的大佛。曾见到一些下到大坝底部仰观大佛的照片，半月形苍穹笼罩，似佛法无边。

如今这样的观赏方式，其实与 20 世纪 50 年代末的水库建设

从天梯山石窟望向祁连山

俯瞰黄羊水库，其如碧玉镶嵌于群山之中

黄羊水库与天梯山石窟

第十三窟大佛窟是天梯山最大的一窟，初凿于唐代，后多经修整

有关。当时为了解决黄羊河流域万亩农田的灌溉问题，政府决定在此修建水库，但部分洞窟的位置较低容易被淹没，故数十尊造像、300 平方米左右的壁画及其他 25 箱文物残片，被运送至甘肃省博物馆保存了起来。40 多年后，部分文物终于回到了天梯山文保所，还有几身精美的造像可以在博物馆见到，但几经搬迁和人为破坏，天梯山石窟已经再难重现原初模样，造像也不可避免地遭到了损伤。

目前天梯山石窟共存三层 18 窟，其中最具观赏价值的为第 13 窟大佛窟，这也是天梯山最大的一窟，初凿于唐代，后多经修整，残高约 28 米、宽 19 米、进深 6 米，塑有一佛二菩萨二弟子和二天王像。主尊释迦牟尼为坐佛，高 28 米、宽 10 米，脸呈国字形，双耳垂肩，神态略显凝重，施无畏印；后侧站立迦叶、阿难二弟子，几乎被遮蔽，站在大坝上正面观看只可见部分面部；文殊、普贤二菩萨侧立大佛两侧；多闻、广目二天王怒目圆睁，孔武有力，给人一定的震慑感。造像背后的南北两壁，残存着云纹青龙、鸟兽花卉和大象经卷壁画，运笔曼妙，笔触清晰。

除了大佛窟之外，天梯山石窟尚存其他 17 个洞窟，其中第 1、4、18 窟为内有中心柱的塔庙窟，洞窟形制、造像和壁画都可以视为凉州模式石窟早期的代表作。所谓“凉州模式”，是著名的考古学家宿白先生于 20 世纪 80 年代提出的。他综合了天梯山、金塔寺、文殊山等石窟以及酒泉、敦煌、吐鲁番等地出土的北凉石塔等文物的诸多共性特征，认为在新疆以东的河西走廊一带，存在一种早期石窟的典型佛教造像模式，深深影响了中原诸石窟寺的营建。创建于东晋十六国时期北凉（397—439）的天梯山石窟是典型代表。经考证，这里正是由北凉王沮渠蒙逊（368—433）发愿开凿，由高僧昙曜主持营建——对，就是那个在云冈石窟建造了不朽的“昙曜五窟”的高僧。因为云冈、龙门等这些稍晚一些的著名石窟深受天梯山石窟影响，因此，天梯山石窟被誉为“中国石窟的鼻祖”。

祁连山下马蹄寺

从武威到张掖，祁连山一路相伴。

到张掖休整一晚后，我们出发前往民乐县方向的马蹄寺石窟，一路上田野纵横，草木丰茂，一派田园风光。这个时候，能无比直观地感受到河西走廊为何被誉为“塞上江南”，而且越接近马蹄寺，景色越壮美，因为之前远眺的祁连山已近在眼前。

初入马蹄寺景区，有两个细节很难不被注意到。其一是在川藏旅行时常见的经幡开始出现在山头、路边，一查才知，尽管这里属于肃南裕固族自治县，但位于青藏高原北部边缘，也居住着不少藏族人家，所在地名曰“马蹄藏族乡”；其二是一入景区竟然香火旺盛，人头攒动。凭之前游历古迹的经验，真正的文物一定不在这种人最多的地方。果然，精华在 3 公里外的三十三天石窟和 10 公里外的金塔寺。

“三十三天”是众仙所居的天界名称。须弥山顶中央为帝

前往民乐县方向的马蹄寺石窟，
一路上田野纵横，草木丰茂

马蹄寺位于祁连山脉，自然风光很壮观

位于绝壁上的石窟外檐

释天，其四方四座山峰各居八位天神各有八天，合计三十三天，后也用来形容最高的地方。整座石窟确实也当得起此名，是国内唯一一座开凿于山体之内的石窟寺，上下七层共 21 个石窟，部分石窟外建有木构建筑，亭阁像从绝壁中生长出来一样，十分奇特，整体上形成塔状石窟群。进入其中，有些地方的甬道要手脚并用攀爬而上，令人一边攀登一边感叹古人毅力的坚定和技艺的高超。目前多层的石窟外建有木质廊道，为后世补修，一个个小窟内的壁画保存情况堪忧，那些显示人类无知的涂抹刻画痕迹却喧宾夺主，更为扎眼。倒是甬道坚硬石壁上的小佛像和莲花，在幽暗的光线中，显得古老而神秘，且多为原物。

从位于绝壁上的石窟望出去

三十三天通道石壁上雕造的喇嘛塔

三十三天石窟附近的山体上多处雕有塔林，塔座、塔身、相轮、塔刹等清晰可见，造型与藏传佛教喇嘛塔很像，是马蹄寺石窟群的一大特色。

相较于三十三天石窟，10公里外的金塔寺则保存得更为完好，这里因雕刻飞天而闻名，且早于敦煌飞天300年左右。然而，正因其价值无上，2001年曾遭遇盗窃，历经一年多文物才被追回。之后，藏于深山的金塔寺便被保护起来，未经允许禁止入内。常青老师在《中国石窟简史》中说金塔寺“共有东、西两个规模较大的洞窟，距地面60余米”，“中心柱各层龛檐的上部，基本都贴塑着形体较小的飞天、坐菩萨、坐佛像等，烘托出了热烈的气氛”。

光芒之外的榆林窟和西千佛洞

从马蹄寺到敦煌，是一段更为漫长的旅途。古时，由这里再一路前行就是“西出阳关无故人”的遥远西域了。

到敦煌自然是因为莫高窟，那是我国石窟寺的一座高峰。它一度辉煌，又一度沉寂。百年前，经斯文·赫定、斯坦因、伯希和、华尔纳、奥登堡等欧美地质学家、考古学家和传教士的盗取，大量造像、壁画、经卷流失海外，同时也使莫高窟闻名世界。如今，莫高窟及那些流失的珍贵文物，成为无数学者毕其一生研究的对象，是一座考古和艺术的宝库，位列我国“四大石窟”之一。莫高窟之热，不仅在学术界，亦在游客心中。

与莫高窟的光芒万丈相比，40公里以外的西千佛洞冷清得让人怜惜，它甚至不配拥有一个正式的名称（千佛洞是很多雕造有千佛造像的洞窟的常用名，莫高窟也曾被叫作“千佛洞”）。然而，它却存在了千余年，阅尽党河之畔的沧桑。

西千佛洞广义上也属于敦煌石窟群，距阳关不远，现存石窟16个，为北魏至宋期间营建。目前保存较好的有9个洞窟，其余的保护状况堪忧，壁画漫漶不清，造像也不太完整。在这9个石窟中，不少中央设有中心座，四周凿龛，内设佛像。西千佛洞比莫高窟沉寂得更久，据称当年伯希和只是匆匆路过便赶往莫高窟了，直到1936年，瑞典生物学家毕尔格·布林在《哈佛大学学报》第一卷亚洲专栏上发表《西千佛洞新探》的初步考察报告后，方为人知。后来，张大千赴敦煌临摹壁画，也曾到西千佛洞，并给这冷寂的石窟一一编号。如今，我们仍能清晰地看到当年他给洞窟编号的数字。讲解员带我们看了10个左右的洞窟，多处壁画剥落严重，部分脱落区域则露出更老的壁画，色彩、线条迥然不同。我们也见到了被“开膛破肚”的造像，其中的木骨和麦草历历在目，让人一下明白，此处的造像与莫高窟一样，都是先以木骨作架，再缚扎麦草和芦苇之类，然后敷上棉花、兽毛、黏土，和以面粉、蛋清、糯米粥之类的泥巴塑形，最后绘以色彩和线条。看着这些被破坏的塑像，我如同上了一堂课，既明白了造像的过程，也深深了解文物保护的艰难与重要。

百公里外的榆林窟，境况要比西千佛洞好不少。最早知其名，是因为一幅精美的《水月观音图》，后来查其出处，原来是临摹自榆林窟第 2 窟的西夏壁画代表作。

榆林窟位于瓜州之南的榆林河畔。我原以为它会像麦积山或云冈、龙门等地一样，雕凿于山壁，抵达后看到的却依旧是一马平川的戈壁。原来，它的洞窟雕凿于河谷之畔的山崖上，所以，它的另一个名字“万佛峡”其实更为形象。

关于榆林窟的始凿年代至今无考，但一直没有发现早于唐代的造像和壁画，学术界推断应开凿于初唐时期。其洞窟形制、彩塑和壁画内容及艺术风格，与莫高窟极为相近，因此亦属于敦煌石窟体系，如今也由敦煌研究院管辖，连讲解员的服装都与敦煌莫高窟的一样。若不是特殊关系，如今榆林窟也仅能看由讲解员带入的几个洞窟。好在他们会带着观看不同年代的代表性窟龛，让我们领略不同年代造像、壁画的特征及艺术之美。

壁画是榆林窟的一大特色，而给我印象最深的数水月观音、建筑和供养人像。

水月观音早先未见于印度和西域石窟，是中国特有的菩萨形象。尽管形态有多种，但大多为观音临水赤足坐于莲叶之上，一手斜撑，一手自然地搭于半屈的膝盖，或抬头望空中明月，或低头观水中月影，形态极具美感。而榆林窟的水月观音，堪称绝品。我之前看过不少临摹自第 2 窟的白描或彩绘作品，而这次看的第 3 窟的水月观音壁画，更为难忘。这幅壁画背景十分具象，如水墨山水般，远近层次分明，让人不由得想起郭熙等人的山水图卷。它把水墨山水的绝妙意境与佛教主题融合在

汩汩流淌的榆林河

榆林窟位于一片戈壁的峡谷之中

一起，营造出既静穆又空灵的艺术境界。

榆林窟壁画中不乏无量寿经变和弥勒经变等主题，而这些主题的壁画往往篇幅巨大、内容丰富，其中建筑出现得非常多，因此极为珍贵。因为今天在地面所见的建筑遗存中，只有三座半唐代木构，若要研究唐及之前的建筑，除了文献中的文字描述，最可靠的可能就是汉代画像砖、石阙了，而壁画同样为我们了解当时的建筑提供了具象而可靠的参考。榆林窟壁画中有不少保存较好的供养人画像，如第 16 窟的曹议金、回鹘夫人供养像，第 19 窟的凉国夫人供养像，等等。这些供养人像的冠帽、服装、配饰、花纹，均为我们了解那个时代人们的生活状况、审美取向，提供了无比珍贵的素材。

深山峡谷中的炳灵寺

从敦煌回到兰州，我们游览了仰慕已久的炳灵寺。

炳灵寺位于兰州西南 80 公里左右的小积石山中，我们抵达的方式颇为特殊。尽管如今可以开车抵达，但山路盘旋曲折，十分耗时，我们选择的方式是先到刘家峡水电站大坝，然后换乘快艇，在碧波上驰骋 30 公里，开阔的水面突然收窄，快艇迅即在黄河上拐个大弯，终于抵达。拐弯处的山峰峻峭挺拔，如巨大的石门守护着古老的佛国妙境。此处的山水景色，哪怕没有这千年文物，也值得我们跋山涉水，一睹芳容。

渡口位于姊妹峰前，沿着凌厉山峰下的大寺沟前行几百米，

到炳灵寺石窟，须先经过耸立的姊妹峰

炳灵寺坐落于崇山峻岭的大寺沟之中

炳灵寺第六十四窟，一佛二菩萨二天王，是炳灵寺最具代表性的唐代佛龛

炳灵寺第一百二十五窟，北魏造像，圆券形尖拱双龙浅龛，释迦和多宝二佛并坐，脸部线条硬朗，与唐代佛像有明显差异

炳灵寺第十窟，雕造于唐代，造像损毁严重，但壁画残余部分仍然很鲜艳

就能见到炳灵寺最醒目的唐代大佛。此为171窟浅龛浮雕弥勒，身型伟岸，肃穆庄严，身着覆搭右肩袈裟，左手置于腹部，右手抚膝。佛像高27米，仅次于敦煌莫高窟96窟中高35.5米的北大像。不过目前看来，经后世多次补塑之后，其古意消失，尤其头部以下的身型部分，崭新得如近年雕凿一般。

炳灵寺最珍贵的文物位于大佛右上方的天然溶洞之中。这里标记为第169窟，其中发现了“建弘元年岁在玄枵三月廿四日造”的墨书题记，为我国石窟中所能见到的最早的确切纪年。建弘为十六国时期西秦国王乞伏炽磐（？—428）的年号，这也意味着在这深山峡谷之中，早在1600多年前就已开始了佛事活动。在题记附近的北壁和东壁，还保留着不少当年的造像及壁画，

炳灵寺最醒目的唐代大佛，一七一窟浅龛浮雕弥勒

为后世学者研究短暂的西秦国提供了无比珍贵的素材。如今，169 窟作为特窟，并不包含在炳灵寺门票可供参观的范围之内，需要另外支付费用才可观瞻。

大佛右侧的低矮石壁上，则是历朝历代的大小窟龛，历经北魏、北周、隋、唐、宋、元，直至明清依然不曾中断。北魏造像的秀骨清像，隋唐造像的丰腴圆润，宋元时期更为生活化的造像题材，汇集山谷之中，让人在此一处便可管窥不同年代的造像特征。如 125 窟的北魏双佛龛，为释迦、多宝二佛对坐像，单个圆形发髻，佛像双目微睁，眼角细长，鼻、嘴小巧，嘴角微微上翘，褒衣飘逸，是北魏时期造像的经典之作。这让我一下想起了云冈石窟和麦积山的几个代表性窟龛，也联想到了犍陀罗佛像对我国早期佛像的深刻影响。

限于快艇班次，我们没法在炳灵寺久留。快艇飞也似的驶出峻峭山岭，把炳灵寺远远地抛在峡谷深处。我再访的念想，也飞快地在刘家峡宽阔的湖面上再次升起。

从大足到安岳：人间烟火与神圣庄严

有一年早春我去云冈石窟，那些1500多年前的造像给我留下了极为深刻的印象，尤其是早期的昙曜五窟，更是永远地留在我心里。同一年的炎夏，我又去了龙门石窟。云冈与龙门的营造时间前后相续，其时代审美的取向与变化非常鲜明地呈现于眼前，比纸上阅读得来的知识更强烈而持久。于是，在一年后的深秋，我又沿着河西走廊造访了炳灵寺、天梯山、马蹄寺、榆林窟、莫高窟和千佛洞等，以期在这条曾经商贸繁盛、文化交流异常活跃的绿色走廊上发现一些历史的勾连和审美的流变。怀着同样的期待，在隔了一年的清明细雨之中，我又踏上了巴蜀之间的崇山峻岭。

刚入宝顶山，就是满壁的大小造像

大足石刻：世俗化的造像盛宴

大足是一个浓墨重彩的开篇。这里的石窟营造活动从初唐永徽时期就已开始，晚唐景福元年（892）至南宋淳祐十二年（1252）是其最为壮丽辉煌的一页。北宋后期的元丰至南宋初期的绍兴、乾道年间，大足石刻造像掀起第二个高潮。至南宋晚期，战乱频仍，石窟造像活动一度停止，直到明永乐年间，才奇迹般地再次恢复，一直延续到晚清。

大足石刻是一个集群，包含了宝顶山、北山、南山、石篆山等几十处石窟造像。初入宝顶山，我们就被扑面而来的繁密造像震慑住了。先前的石窟寺游历，有一点体验大体相似：无论是大佛窟、塔庙窟还是佛殿窟，一窟是一窟，相对比较清晰。而一入宝顶山，红色山崖之上，就是满壁的造像，大大小小，不一而足，真可谓琳琅满目。先前那种肃穆、凝重之感在这片山坳里似乎被冲淡了，随之而来的是与日常生活更为贴近的形象。除了卧佛、千手观音、孔雀明王、华严三圣等常规题材，在宝顶山还出现了更多着世俗装束的人物形象，从王公大臣到家庭妇女、耕作农夫等，呈现出一幅宋代世俗风情画卷。中原鲜见的密教题材也大量地出现在宝顶山，依据《佛说父母恩重经》开凿的父母恩重经变图龛，以类似连环画的形式，打破了经变图以佛为主画面的形式上的约束，变得通俗易懂，充满人间烟火味。这与中原、河西走廊一带的众多石窟寺形成了鲜明的对比。

离开大足前往川渝之间的安岳，则是另一番独特的体会。

卧佛及其前面的菩萨造像都带着世俗性

六道轮回造像

孔雀明王

保存较好的一组北山造像，有很多现实生活中的人物形象

受密宗影响，大足石刻的造像有很多残酷场面，此为砍足

茗山寺、卧佛院：山间遗珍

茗山寺距离大足仅 40 多公里，但着实不好找。乡间小路兜兜转转，导航到一个不知名的小村庄，便没了去路。停车问村妇茗山寺怎么走，她一脸茫然。我转念一想，问道：“我们要去看佛像，请问怎么走？”她操着乡音给我们指了一条土路。这条土路幽篁环绕，菜田伴随，有种“鸟鸣山更幽”的意境。

来到山头，一小段石阶的尽头有三两个住户，终于到茗山寺了——稀疏的几棵松柏下，是一座破败的寻常小庙，庙里散落的是近人新塑的造像，佛道混居，色彩鲜艳，有些粗鄙。一时间有点失望，我们跋山涉水，想看的显然不是这般景象。但待到绕着山头走一圈后，我们才真正懂得了茗山寺的好。原来，60 多躯北宋造像并不在这山巅，而是环列于山头的绿意之中。

这里最让人难以忘怀的是 8 躯 5~7 米的大像龛，佛祖、菩萨多慈眉善目，神态安详，所戴宝冠，无一雷同。然而，这些造像有很多相似的地方。尽管造像形态各异，或结跏趺坐，或通肩袈裟站立，但其比例和谐，衣饰流畅，尤其那镂空宝冠，不同的纹饰和花草镌刻其上，极尽华美，宋代的审美取向在这几尊造像上尽显无遗。当然，除了当时工匠的高超技艺之外，时光也赋予了这些造像更持久的魅力。

在造像中段的毗卢遮那佛那一龛，时光的印痕给予了我最强烈的震撼。大概由于所处的位置多无遮挡，又正好是虎头山正南区域，风吹日晒雨淋了千百年，造像风化十分严重。那一

毗卢遮那佛站像以近乎圆雕的形式刻在崖壁上

文殊龛正中的文殊造像，头戴五佛高冠，右手平置于胸前，左手托经书

历经千年风化后的佛像

道道齐整流畅的时光之痕，竟与人工斧凿的痕迹弥合得如此天衣无逢，有些局部甚至让人分辨不清。毗卢遮那佛周边圆形的小龛，浮雕本身就不透，有些索性连造像的身形都消逝在了千年光阴里。

在茗山寺，除了我们一行 5 人外，还有一对情侣，这种不受任何打扰静静瞻仰 60 多躯石窟造像的经历，在那些收费景区是断然不会有的。而且，我们在安岳北部，离茗山寺近 80 公里的卧佛院，再一次享受到了如此“优待”。

相比茗山寺，卧佛院在历史上估计更为知名，这里有卧佛镇、卧佛村，蟠龙河蜿蜒在不算很高的山峦之间，选址似乎更为讲究。但从今天的情形来看，这座最早开凿于唐代的石窟寺似乎也被遗忘在此。

蟠龙河畔的一汪水潭边，一户人家在大树底下养着很多鸡、鸭、鹅，在它们的叫声之中，我们进入了静谧的卧佛院区域。沿着修竹下的小溪走七八百米，就能见到巨大的卧佛了。尽管卧佛在其他地方经常见到，体量亦以巨大为多，但这一龛以《释迦牟尼涅槃圣迹图》为蓝本的造像依山取势，一片山崖就是一个窟龛。龛中的卧佛十分修长，是国内最大的唐代全身石刻卧佛造像，亦是唯一一处左胁卧的“涅槃图”。

卧佛向左侧卧，闭目似睡，身长 23 米，头长 3 米，肩宽 3.1 米。比较奇特的是卧佛上方的整组造像，中坐释迦牟尼，两侧分两层侍立九弟子、两菩萨、天龙八部，表情各异，庄严之中又流露出世俗之美，让人看着颇感亲切。卧佛足旁，则是一尊

卧佛向左侧卧，闭目似睡，显得身形异常修长

卧佛上部造像特写

保存完好的力士像，肌肉发达，威武雄健，作护卫状，给人一种不敢近前的威慑力。据卧佛院的介绍，在近1公里的卧佛沟中，还保留着盛唐摩崖造像1613躯，石刻经文15窟，碑刻、题记、经幢、异兽图像等数十处。只可惜我们到访时除了卧佛可以瞻仰，其他区域均在进行保护性修复。

毗卢洞、华严洞、圆觉洞：人间烟火旁的神圣信仰

毗卢洞和华严洞就在茗山寺不远的石羊镇边上。华严洞实际上由开凿于北宋建隆元年（960）的华严和开凿于南宋嘉熙四年（1240）的大般若两个洞窟组成。这是一处很小的古迹，只有两三个闲人和几条中华田园犬守着，估计一天也没有几个游

客。从游览角度来讲，这里无须逗留太久。但华严洞又是安岳一带比较大的洞窟，有着很高的文物价值。洞高 6 米有余、宽 10 米、深 11 米，正壁是高 5 米左右的“华严三圣”：莲花台上结跏趺坐的毗卢遮那佛、骑着青狮的文殊菩萨和骑着白象的普贤菩萨，“三圣”面颊丰腴圆润、神态端庄慈祥，均戴精美宝冠。两壁是高 4 米左右的十大菩萨，比例匀称、姿态优美。线面结合的雕刻技艺，让这些造像气韵生动，既有人间模样，亦有神性之韵。那些精美的头顶宝冠，让人想起才造访过的茗山寺，不知是否出于同一匠师之手。大般若洞为儒、释、道三教合窟造像，正中庄严端坐的是释迦牟尼、孔子、老子三像，两旁则是天神、罗汉、童子诸像。两个洞窟光线昏暗，且顶部都有黑色烟熏痕迹，估计没少受火焚之灾。也正因此，华严洞少了些茗山寺造像的清新秀美之风，多了些古朴之貌。

毗卢洞更靠近石羊镇区，十分热闹，这里实际上是毗卢洞、幽居洞、千佛洞和观音堂的总称，现存摩崖石刻造像 465 尊、碑刻题记 32 处。我们到访的时候，它和卧佛院一样在进行保护性整修，但大学生模样的门卫小姑娘看我们一脸虔诚，还是免费让我们观瞻了最著名的观音堂和柳本尊十炼图。

观音堂之所以著名主要是因为一尊水月观音造像，曾被著名华裔作家韩素音誉为“东方的维纳斯”。观音信仰在国内十分普遍，人们称观音是大慈大悲、救苦救难、有求必应的菩萨，所以全国各地单纯以观音建寺、造像的地方数不胜数。给我印象最深的观音一处是榆林窟的水月观音壁画，一处就是毗卢洞

十大菩萨（部分），比例匀称、姿态优美，既有人间模样，亦有神性之韵

华严三圣像

的水月观音造像。这尊水月观音悬坐于峭岩，高约3米，背倚紫竹和柳枝，头戴贴金花冠，面部表情极为平和，身形姿态优雅，衣饰飘逸，富有动感。面对这尊观音造像，我似乎一瞬间就明白了何为人神合一。它将最优美的人的体态与最庄严慈悲的神性融为一体，让人既感到亲切又不敢造次，这也是在安岳观瞻宋时造像的一个共同感受，只是在这里更为深刻罢了。与观音洞不同，近在咫尺的毗卢洞柳本尊十炼图因受到密宗影响，通过炼顶、剜眼、舍臂、炼心、割耳、炼指、立雪、炼阴、炼膝、炼踝等十种苦修来宣扬密宗教义，因而世俗性和故事性大大增

毗卢洞柳本尊十炼图因受到密宗影响，世俗性和故事性大大增强

毗卢洞观音堂最著名的水月观音造像，曾被著名华裔作家韩素音誉为『东方的维纳斯』

强，这和大足石刻的部分区域十分相似。

三洞之中，圆觉洞最有人间烟火气。当晚我们住在安岳县城，第二天一大早就随着晨练的人们到了县郊的圆觉洞。这里树木葱茏、环境清幽，看样子很受市民的欢迎。他们有的疾步而行，有的跳起了广场舞，还有的双手交叉于后背，踽踽独行，若有所思。见此情形，我对这里居然还有唐、五代、宋时的石刻原物持怀疑态度。不过，很快我们就见到了三尊 7 米左右的高大造像，分别是释迦牟尼、净瓶观音、莲花手观音，蔚为壮观。与其他地方“西方三圣”常合造于一龛不同，这里的三尊造像各自独立，且总体保护相对较好，佛和菩萨塑像甚至还保留着部分早期的色彩。除了三尊最醒目的大像外，凿于北宋的圆觉洞也让人记忆犹新。佛家所谓“圆觉”，即“觉你、觉我、觉他、觉行圆满者”，意思是不分你我，人人都可以觉醒成佛。在圆觉洞内，正壁上为结跏趺坐的“三身佛”：“法身”毗卢遮那佛居中，左为“报身”卢舍那佛，右为“应身”释迦牟尼佛，两壁则是十二圆觉。较为可惜的是，圆觉洞内不仅曾被大火焚烧，还明显遭到过人为的破坏性砍砸，十二圆觉的头部均不同程度地遭到破坏，如今我们所见的头部已非千年前的原物。只有那高高在上的飞天保存完好，依然动人地“飞舞着”，仿佛看尽人间得失。

圆觉洞中的十二圆觉（局部）

圆觉洞内人能够得到的低矮处，佛头均被砍去了

高处的飞天保存完好

圆觉洞净瓶观音造像

郊野中的南朝气韵

说起南京，有两个标签很容易被人提及，那便是民国风情和南朝气韵。民国迄今不远，一行行高大的法国梧桐，一幢幢坚固的西式楼宇，以及一条条马路的名字，都可感可触，让南京这座城市鲜明地有别于其他文化名城，哪怕同在长三角，它也与杭州、苏州等城市有着明显的气质差异。但说起南朝气韵，似乎要缥缈得多。“南朝四百八十寺，多少楼台烟雨中”“旧时王谢堂前燕，飞入寻常百姓家”，尽管这些诗句朗朗上口，但毕竟存在于古籍中，且十分久远，我们只能靠想象穿越历史的烟尘，去感受它、体会它。

魏晋南北朝似乎特别受到文人雅士的倾慕。在那个社会动荡、国祚短促的年代，形成了一派思想活跃、文艺繁荣的气象，许多文人士大夫或源于仕途不顺，或源于内心追求，他们不滞物欲、不拘礼节，行为潇洒甚至怪诞。清俊脱俗、风流自赏便成为一股风尚，影响深远。从某种意义上讲，以魏晋风度为开端的儒道互补的士大夫精神，从根本上奠定了中国知识分子的内在人格。

那么，我们除了可以通过诗文来了解那个时代之外，是不是还可以通过实物来感受和追怀呢？当然有。今天，我们对于云冈、龙门等著名石窟已经不再陌生，在那些宏大而丰富的造像、碑刻等实物中，我们获得了关于北朝丰富的历史信息，体验到了不同的审美风尚。而在大体相似的年代中，南朝的石刻也通过能工巧匠之手，诞生于今天的南京、丹阳一带，只不过它们不像北朝的洞窟、佛像那样受到那么多人的关注。千百年来，它们静静矗立在荒郊野外，像当时的部分文人那样，有点自我放逐的意味。

这里所言的南朝石刻主要指宋、齐、梁、陈四个朝代的帝后陵和王侯墓前的神道柱、石兽、墓碑等地面尚存的物件。据梁白泉先生主编的《南京的六朝石刻》（南京出版社，1998 年）所述，目前南朝石刻共发现 21 处，主要分布在南京的东、南、北郊外以及丹阳区域。这 21 处石刻主要集中在齐梁时期，宋时只有武帝刘裕陵，陈时只有武帝陈霸先陵，其余均为萧齐、萧梁时期的石刻。

我与南京六朝石刻结缘，是一次偶然的机会。当时刚从苏州到南京求学，军训的时候外出拉练，经过一个叫麒麟铺的地方时，我偶然瞥见路旁房屋之间，有一尊废弃的大型石刻，如狮又如虎。

当时还完全分不清天禄、麒麟和辟邪，更不知道此为何物，但本能地感到它与周边所见之物有着完全不同的气息，似乎十分古老。读了一些书我才知道，原来这就是南朝刘宋开国之君刘裕的初宁陵石刻。后来出于兴致，我曾三次前往南京郊外参观、拍摄这些历经 1500 余年风霜的石刻，至今记忆犹新。

最早一次是读研时期，那个时候并无公共交通可抵达这些散落郊野的石刻，只能骑着自行车，从鼓楼出发，过玄武湖、紫金山，抵尧化门，然后在没有手机地图导航的情形下，寻寻觅觅，兜兜转转，历经 2 个多小时才找到第一处石刻——萧景墓。当时的栖霞大道还是一条漫天烟尘的乡镇道路，在骑到十月村路的地方，遥遥望见几棵水杉旁耸立的神道柱时，我喜出望外，跑过去靠近了才看到头颅高昂、气势不凡的石辟邪。

萧景为梁武帝叔父萧崇之之子，是梁武帝的堂弟，齐时曾任永宁令，政绩显著，《南史·梁宗室传》称其“政为百城最”，后被谥为吴平忠侯。墓前仅存 2 种 3 件石刻，其中石辟邪一对、神道柱一根。这对石辟邪中，西石辟邪已于 1956 年因破碎无法修复而埋入原址地下；东石辟邪臀部略残，身长 3.8 米、高 3.5 米、体围 3.98 米，昂首张口，长舌垂胸，右腿前迈，器宇轩昂。辟邪胸前有勾云纹，如神兽须髯，腹侧还留有双翼，翼前部饰 6 根翎毛，具有很强的装饰性。整座石兽粗看雄俊生动、强健壮美，细看线条流畅、装饰精美。难怪梁思成先生在《中国雕塑史》中亦难掩对南朝石兽的喜爱：“在此谨严之中，乃露出一种刚强极大之力，其弯曲之腰、短捷之翼、长美之须，皆

萧景墓前的东石辟邪

萧景墓东石辟邪昂首张口，长舌垂胸，右腿前迈，器宇轩昂

萧景墓保存较好的神道石柱，上有小辟邪一只

为了保护石柱，后来在旁边特意安置了一个避雷针

足以表之。”

萧景墓石刻更让人称奇的地方在于那孤立的神道石柱，在我去过的6处南朝石刻中，这一石柱保存最为完好，且石柱的上部有一块矩形柱额，上反刻“梁故侍中中抚将军开府仪同三司吴平忠侯萧公之神道”，字体中正、严谨、清晰。反左书是一种十分特殊的字体，迄今为止只发现两例，另一例见于梁文帝萧顺之陵神道东侧石柱上，可谓中国书法史上的绝响。至于究竟是何人所书、为何如此作书，依然是一个谜。

那一次因为时间原因，其他几处萧梁墓葬石刻来不及前去，看天色将晚，便骑上自行车赶回南京城中了。先前只在朱偰先生的旧影中看过这些珍贵的石刻造像，这次终于近距离观瞻了六朝工匠的伟大杰作，心里是满满的幸福感。回到鼓楼，城市灯光闪烁，与郊外荒草萋萋的景象判若两个世界。

有了第一次的经历，后面到甘家巷一带参观六朝石刻就预留了充分的时间，功课也做得更多一些。一天之内，我就把萧秀墓、萧恢墓、萧憺墓以及之前已经到过的萧景墓都走了一遍。

萧秀墓位于甘家巷小学内，一路骑行比第一次要顺利很多，只是一开始保安不让进校，好说歹说一番才让我进去参观。一进校门，就是一阵热闹，与当时寻寻觅觅才找到萧景墓的景象完全不同，这种热闹体现在两方面：首先是映入眼帘的石刻居然有8件之多，左右两边排布，分别是石辟邪一对、石柱一对、神道石碑四通；其次正巧遇到课间休息，学生们在这些千年古物中穿梭嬉戏，十分吵闹，有的调皮得甚至直接爬到龟趺座之上作骑马状，毫无顾忌。那一刻，我全然没有心境去好好看这些珍贵文物。待到上课铃响，他们如归巢群鸟回到教室后，我才慢慢踱步参观起来。

萧秀墓石刻的东西辟邪均为雄兽：东辟邪身长 3.35 米、高 2.95 米、体围 3.6 米，西辟邪身长 3.07 米、高 3.02 米、体围 3.07 米。两只神兽均昂首张口，长舌垂胸，体态肥壮，腹侧饰双翼，翼饰 3 翎，通体长毛卷曲如蔓，保存较为完好。其中东辟邪紧邻学校围挡，显得十分憋屈；西辟邪通体发黑，估计曾经历过火焚。石柱一对，东西各一。东柱仅存柱础，上圆下方，上为衔珠双螭，下为方形基座，高 0.7 米，边长 1.45 米，四周饰有神兽纹。西柱柱头已失，柱身、柱础保存较好，通高 4.7 米。萧秀墓神道石刻最难得的是保留有四通石碑，这在南朝陵墓中极为罕见。据称，当时经梁武帝许可，请著名文人王僧孺、陆倕、刘孝绰、裴子野各书碑文，起初想择而用之，但他们的碑文都十分精彩，难分上下，便都用上了，这才有了四碑并立的石刻奇观。可惜的是，如今其中一对仅存龟趺座，两碑仅能勉强识别碑额，当年“难以取舍”的精彩碑文，早已漫漶不清了。

离开萧秀墓石刻，向西走 500 米左右，到达一片农田，这里就是萧恢墓和萧憺墓石刻的所在地。萧恢和萧憺均为梁武帝萧衍的异母弟。萧恢受封鄱阳郡王，谥号“忠烈”；萧憺受封始兴郡王，谥号“忠武”。尽管萧梁时期的王侯墓呈聚集之势，大多在今南京栖霞区甘家巷一带，但两个墓葬如此相近，也是颇为难得的一景，当初人们还因为它们太过靠近而一度弄不清

萧秀墓神道石刻最难得的是保留有四通石碑，这在南朝陵墓中极为罕见

萧秀墓石刻的西辟邪通体发黑，估计曾经历过火焚

残存的龟趺座

萧秀墓石刻辟邪腹侧有双翼

萧秀墓石刻东柱仅存柱础，上圆下方，上为衔珠双螭，下为方形基座

石刻到底属于哪一位王侯的墓葬。可惜的是两个墓葬石刻地面遗存都很少，萧恢墓现仅存石辟邪一对，均为雄兽，东西相对，间距 19.6 米。东辟邪身长 3.35 米、高 3.15 米、体围 4 米，西辟邪身长 3.46 米、高 3.17 米、体围 4.2 米。两辟邪造型相似，昂首张口，长舌垂胸，胸部凸出，头有鬣毛。东辟邪翼饰 6 翎，西辟邪翼饰 5 翎，胸部饰勾云纹，一腿前迈，长尾垂地，体态肥硕健壮。

萧憺墓石刻东辟邪身长 3.75 米、高 2.92 米，为雄兽，头已残，腰部中断，腿断缺。辟邪昂首挺胸，翼前雕饰似浪花，后为长翎，额下八缕须毛作下垂状，身饰卷云纹，脊部隆起，线条雄浑。最为与众不同之处，在于这一石刻身下有两尊小辟邪，刻画手法相对粗疏，似为未完成状态，这也是南朝陵墓石刻中仅有的一例。西辟邪仅存后胯，已难辨状貌，侧立在泥土中，长 1.7 米、高 1.01 米，与东辟邪相距 16.5 米。萧憺墓石刻还保留有一通神道碑，碑身高 4.45 米、宽 1.6 米、厚 0.32 米，碑侧分 8 格，刻鸟兽纹饰。碑额正中题字“梁故侍中司徒骠骑将军始兴忠武王之碑”，题字下方有直径 0.1 米的圆形穿孔，题字左右有浅浮雕虬龙盘绕。神道碑碑脊两边有相互交结的双龙。神道碑碑面外廓处有一圈草纹环绕。难能可贵的是，与其他萧梁时期石刻神道碑字迹漫漶不清不同，萧憺墓神道碑上还有 2800 余字（共 3096 字）尚可识别。碑文皆为楷书，由南朝东海文人徐勉撰文，吴兴书法家贝义渊书写，丹阳房贤明刻字。站在这一通 4 米多高的碑前，我们不得不感慨南朝书法技艺的精湛。这一通南朝

萧恢墓现仅存石辟邪一对，均为雄兽，东西相对

苍老斑驳的东辟邪

器宇轩昂的西辟邪

萧憺墓东辟邪身下有两尊小辟邪，刻画手法相对粗疏，似为未完成状态，这也是南朝陵墓石刻中仅有的一例

萧憺墓保存较好的神道碑，上有两千八百余字尚可识别

时期存字最多、保存相对完好的碑刻，曾被梁启超先生赞以“南派代表，当推此碑”。如今，相关部门对萧憺墓神道碑刻已建专门的碑亭予以保护，游客只能透过紧锁的门窗，一窥六朝书法的神韵了。

回程路上，我再一次去萧景墓石刻旁坐了一会儿，又拍了一些照片。相隔一年有余，周边环境并未有大的变化，只是季节有所不同，但心底多了一分感慨。那便是“萧景”之名的以讹传讹。实际上，萧景本名“萧昺”，但《梁书》编撰成时已是唐初，而唐高祖李渊的父亲名李昞（也可写作“昺”），所以后世遇到“昺”字，为了避讳多改成“景”字，后《南史》依然沿用了“萧景”之名。有这两本正史开先例，后代便“一脉相承”，把一代王侯的名字给改了，不禁让人唏嘘。不阿权贵、秉笔直书，应该也是魏晋风度的一部分吧，唐代早已远去千年，如今我们似乎该还其以“萧昺”真名了。

第三次造访南朝石刻，我已经离开南京在杭州生活多年。正值满山红叶的深秋，我携几位好友去栖霞览胜，同时参观了也是始建于南朝的天开岩石刻造像。可惜这些造像保护不佳，远不如云冈、龙门、敦煌等诸多石窟，也远逊于巴蜀之地的众多石窟寺。想起不远处的“永宁陵”，之前一直未曾造访，我们便打车前去。

本以为能够轻松抵达，其实却并不好找。周边环境已经十分复杂，有村庄，有厂房，有鱼塘，也有现代陵园。经过一陋屋，刚走到跟前，就围上来七八只流浪狗对着我狂吠，我的心都吊到了嗓子眼。我双手抱着相机，敛声屏气、目不斜视地突破包围圈，走入一汪鱼塘旁的荆棘之中，再穿过一片小树林，才看到了灌木丛中麒麟那高昂的头颅。走到近前，我才发现这一对与之前的萧梁墓葬石刻不同，东边为双角天禄，西边为独角麒麟，这显然是帝后陵。

南朝时期对于帝后陵和王侯墓前的石刻样式，是有严格区分的：帝、后称“陵”，配天禄或麒麟；王侯称“墓”，配石辟邪。20世纪30年代，学者朱希祖认为狮子冲这里的天禄和麒麟是陈文帝陈蒨的陵前石刻；到20世纪七八十年代，罗宗真先生通过对灵山大墓出土的青瓷莲花尊等器物的考察，认为那里才是永宁陵。学界至今对此未形成完全一致的看法。现在的地图、石碑上依然标注着“全国文物保护单位永宁陵石刻”字样。早在2006年，南京师范大学王志高教授就发表了《梁昭明太子陵墓考》一文，并在文中整理了有关昭明太子陵墓所在位置的史料记载，再比照萧梁时期皇陵前放置的神兽形制特征，推测这里的麒麟很可能是昭明太子安陵之物，并且进一步判断其生母丁贵嫔的陵墓也应该离此不远。如今，很多学者都认为此处为昭明太子墓前石刻，因此该处应是安陵。

昭明太子能名垂千古，是因为他主持编选了我国现存最早的大型诗文总集《文选》，选录先秦至南朝梁的诗文辞赋700余首。据称，他极爱读书，“数行并下，过目皆忆”，且喜欢“引纳才学之士，赏爱无倦”，以至“名才并集，文学之盛”，被认为是自晋、宋以来从未有过的现象。他对文学史的贡献，可

昭明太子墓西侧为独角麒麟，器宇轩昂

昭明太子墓东侧为双角天禄，威严凶猛

谓有目共睹，但他并没有做过皇帝，为何墓葬前是天禄和麒麟，而非如其他萧梁王侯一样，是石辟邪呢？

昭明太子嫡长孙萧栋在简文帝后被辅佐称帝，《南史》中有《萧栋传》，云“于是年号天正，追尊昭明太子为昭明皇帝”。据童岭教授分析，这是侯景迫于形势借萧栋之名的矫诏。但昭明太子之子萧詧称帝后，则明确“帝诏”，“乃称皇帝于其国，年号大定。追尊其父统为昭明皇帝，庙号高宗”。因此，昭明太子的身份与一般王侯并不同，也许这就是他的陵前非石辟邪的原因。

这一对天禄和麒麟的造型，与之前看的石辟邪颇为迥异。之前萧景（昺）、萧秀、萧恢等墓葬前的石辟邪，尽管细看有

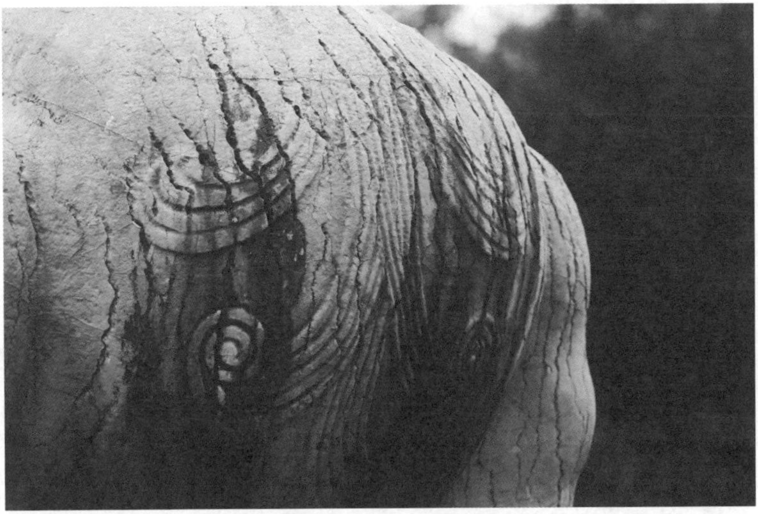

石兽历经沧桑，但身上的卷草纹依然很精致

各类装饰，但因其大气简洁之风，总体上呈古朴敦厚状。而这一对天禄和麒麟，装饰性要强很多，四爪上翘，几欲扬起，侧翼除了有翎，还有鱼鳞纹，嘴部、眼睛、头角的雕刻更加充分、细致，显示出更为清晰的面部神态。纵观全兽，圆雕、浮雕、线刻等手法运用自如，让神兽显得更为雄俊生动。这种高超技艺所带来的绚丽华美、栩栩如生，和1500多年风霜雨雪侵蚀所造成的古朴斑驳，完美融合到了一起，不得不令人想起同是南朝齐梁时期著名画家、绘画理论家谢赫提出的“六法”中的“气韵生动”。尽管他所指的是绘画作品和作品中刻画的形象具有的一种生动的气度韵致以及由此传递出的生命力，但以此形容这几次一一造访的六朝石刻神兽，亦是无比妥当了。

这么多处石刻看下来，深深感到它们的保护工作依然令人担忧。无论是萧秀墓石刻如同囚鸟一般被包围在甘家巷小学内任人骑跨，还是昭明太子安陵石刻这样被遗忘一般废弃在杂乱无章的工厂、鱼塘、陋屋之侧，似乎都不是很妥当的保护方法。作为不可移动文物，在一定范围内保持其小环境的“不可移动”，也应引起重视。只有这样，我们或许还能追寻到那一丝南朝气韵、魏晋风度。

溪山处处皆可庐，最爱灵隐飞来孤

很多人来西湖，若不是在光影曼妙的时刻到来，很有可能觉得如此山水不过尔尔，有种名不副实的错觉。只有当你在这里住下，一次次地去，才会发现，她是如此文质皆备、秀外慧中。

山水文化、建筑文化、名人文化、茶文化……都与这一片湖山相生相融，而其中最古老而神秘的，莫过于佛教文化。

西湖的佛教文化，最早始于东晋。印度僧人慧理来华游方，在杭州结庵，陆续兴建了灵隐、灵鹫、灵峰、灵顺、灵山等五座修行道场，由此开启了杭州佛教延绵数千年的弘传活动。到了五代十国，吴越国自钱镠至钱俶诸王，均奉佛利生，梵音不绝，故当时的杭州有“东南佛国”之称。到了宋代，随着杭州城市

飞来峰入口处的理公塔，又名灵鹫塔，为灵隐寺开山祖师慧理瘗骨处

地位的不断上升，这里成为佛教文化的中心，不少寺院也成为海外佛教宗派的祖庭，影响深远。无论是宋代周密的《武林旧事》还是明代田汝成的《西湖游览志余》，都记载了不少佛教名胜。今天，西湖周边寺院众多，但比起当时，恐怕还是要略逊一些。当年的很多寺院之名，只留在了文献里。

说起杭州的佛教古迹，当首推飞来峰。

相传慧理1600多年前来杭游方，见到此峰，惊叹道："此乃天竺国灵鹫山之小岭，不知何以飞来。"故而得名。此后千百年来，谈及此地的文人雅士不胜枚举，五代及宋元时期，这里开窟造像，千年之后依然完好，成为南方佛教造像的重要代表。走遍西湖角角落落的苏东坡便有言："溪山处处皆可庐，最爱灵隐飞来孤。"我亦极喜欢在这一带游走。

"山不在高，有仙则名"，飞来峰就是这样的地方，区区100多米，甚至算不上山，但尺树寸泓。方圆1公里左右，除了伴有名刹灵隐，还有韬光寺、永福寺、天竺三寺等。佛教寺院的择址历来十分讲究，作为僧人远离红尘的修行场所，常选在山林幽静之处，方能清心寡欲，修得真经。所谓"深山藏古寺"，说的就是寺院的远离人间烟火。白居易在《留题天竺、灵隐两寺》诗中如此形容这里："寺暗烟埋竹，林香雨落梅。别桥怜白石，辞洞恋青苔。"贾岛在游灵隐、天竺后亦有诗《早秋寄题天竺灵隐寺》："人在定中闻蟋蟀，鹤从栖处挂猕猴。山钟夜渡空江水，汀月寒生古石楼。"可见在那个年代，这里还是人迹相对罕至的山林景象。到了明代，"吴门四家"之一的沈周作《灵隐山图卷》，又题诗写跋曰：“湖上风光说灵隐，风光独在冷泉间。酒随游客无虚日，云伴诗僧住好山。松阁夜谈灯火寂，竹床春卧鸟声闲。佛前不作逃禅计，丘壑宜人久不还。”这里似乎变得热闹一些，但那种“宜人久不还”的心情，与苏东坡“最爱灵隐飞来孤”是十分一致的。今天，飞来峰所在的区域交通便捷，一到节假日便摩肩接踵，游人大多是带着一丝功利的目的来灵隐寺烧香的。如果你择一个微雨的春日前来，在与灵隐隔着一泓碧蓝冷泉之水的飞来峰前，便可以感受到当年白居易诗中“林香雨落梅”的幽境。

当然，这里最珍贵的莫过于石窟造像。石窟造像（包括题刻）是历史的宝库，所体现的宗教思想、审美风尚、艺术追求、建筑文化等，也许比文献记录更为可靠。受限于历史和自然等诸多因素，我国的石窟造像大多在北方和西南，江南一带极为稀有。南京的栖霞山、新昌的大佛寺，尽管有遗存，但保护得并不理想，而飞来峰依然保留了五代至宋元时期的佛教造像 300 余尊，是江南石窟造像当之无愧的代表。

飞来峰窟龛众多，知名的有青林、玉乳、龙泓、射旭、呼猿诸洞。有题记的造像中年代最早的一龛是位于青林洞入口处西侧的“西方三圣”，为后周广顺元年（951）滕绍宗所造，体量不大，尚留晚唐遗风。

飞来峰数量最多的为宋代造像，有 200 余尊，其中最知名的必然是以布袋和尚为原型的大肚弥勒佛，南宋时期凿刻。这身造像以弥勒为主，两边为动作、神态不一的罗汉，有的合掌而立，有的手捧画卷，有的静坐修禅，主次有别，形象生动。这不仅是飞来峰最大的造像，也是国内最早的大肚弥勒造像，其笑口常开的形象展示了宽容、自信、乐观，给人十分亲近之感，所以它也是飞来峰最受游客关注的一尊造像。

我国石窟造像历史悠久，但元代造像留下来的实物并不多，飞来峰却有 100 多尊，而且，藏传佛教造像与汉传佛教造像和谐共处，这种景象颇为难得。所以，到飞来峰访古，这是一大看点。与其他朝代不同，元代由蒙古人创建，而藏传佛教对蒙古影响深远。综观飞来峰的藏式造像，具有鲜明的蒙古特色，与汉式造像最明显的不同便是更为生动、奔放，而精细略逊，主要体现在体态、衣着、眼神等方面：飞来峰的藏式造像，多体态婀娜，呈 S 形，半身或全身赤裸，怒目圆睁，显得精气神十足，而汉式造像则多肃穆、庄严；还有题材的不同，飞来峰的藏式造像多了佛母、护法、上师等形象，菩萨也有四臂、三面八臂等不同造型，可谓丰富多彩；在精细度上也有差别，这里的藏式造像，多五叶宝冠，形制特殊，但与汉式造像精致、繁复的宝冠相比，略显粗陋一些。飞来峰比较典型的元代造像如位于呼猿洞口东侧崖壁上的尊胜佛母坐像，端坐于凸形窟龛，头戴五叶宝冠，三面八臂，保存完好。

这几年我去过不少石窟寺，北方石窟造像多大佛窟，博大庄严；巴蜀地区的石窟要么隐逸山林，要么充满人间烟火气；而飞来峰造像，则在有限的山林之中，形成小径跌宕、曲折回环之势，真人大小般的造像尤其多，或隐或显，与江南园林构

南宋时雕造的弥勒佛像，憨态可掬，周边为十八罗汉，为飞来峰代表性造像

大势至菩萨像

普贤菩萨像

藏式佛像，多戴五叶宝冠

弥勒像

飞来峰最大元代佛像龛，一龛中有九尊造像，三头八臂的尊胜佛母身居塔龛，周围为眷属八尊

菩萨像双目微闭，神情安详，宝冠雕刻异常精美

造精神似乎颇有相通之处。因而，哪怕你不是专程访古，也值得前来。

飞来峰并不是西湖之畔唯一的石窟造像，位于满觉陇一带的烟霞三洞（烟霞洞、水乐洞和石屋洞），也保存着一定数量的佛教造像，而且雕造年代大多为五代，有的则更为久远。其中烟霞洞的十八罗汉有明确题记，保存得也不错，据考证是我国迄今保存的最早的一组十八罗汉雕像。只是满觉陇的水乐洞、石屋洞一带，春有尝新茶之客，秋有赏香桂之众，难得清静，所以造像保存情况不容乐观。玉皇山下慈云岭、天龙寺等处的造像，倒是乏人问津，颇有隐于青山、静待有缘人的出尘之味。

五代时的罗汉像，为烟霞洞的重要特色

烟霞洞口的白衣观音像

烟霞洞口的杨柳观音像